心の決めたままに

母と紡ぐ、わたしの半生記

浅井洋子
Asai Yoko

亜璃西社

女性の社会進出を先駆けた母・浅井淑子

著者の母でドレメ初代学院長の故浅井淑子は、女性の自立を目指して1939年、21歳の若さでドレメの前身となる「北海ドレスメーカー女学園」を創立。
左は学生を指導する母（1957年）。上は1960年頃の母

渡欧から帰国した母を空港で出迎える関係者。写真中央の母の手前が3歳の著者（1954年）

浅井淑子の娘に生まれたわたし

働く女性の先駆けだった母は不在がちで、著者は寂しい幼少期を送ったが、誕生日などは賑やかに祝ってくれた（上、1957 年）。右下は兄・幹夫と教会へ礼拝に行った時のスナップ（1958 年）。左下は 50 代の頃の父と母（1970 年）

先駆者である母の背中を追って

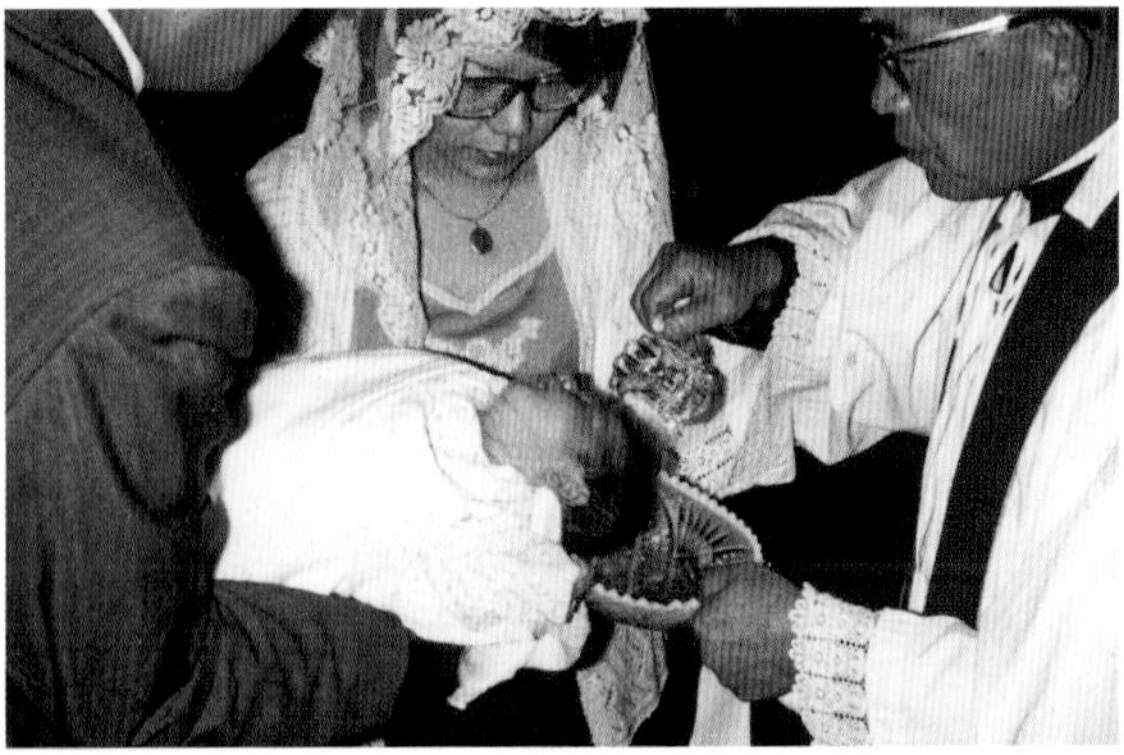

上は杉野学園ドレメの卒業式で卒業生の総代として挨拶をする著者（1974年）。左は長男・学の幼児洗礼の様子（1977年）。下は急逝した浅井淑子学院長の学園葬で、祭壇に飾られた数々のバラ。写真左に立つのは伯父の浅井正三神父（1980年）

教育者として、母として、生きる

右上は夫の高田恭司さんと 3 人の息子に囲まれる著者。左上は手製のウエディングケーキを、スージーパーカー・荒井三明社長と佳世子夫人の挙式のためにつくる著者（各 1980 年代）

おどけた表情を見せる母と著者（1970 年代前半）

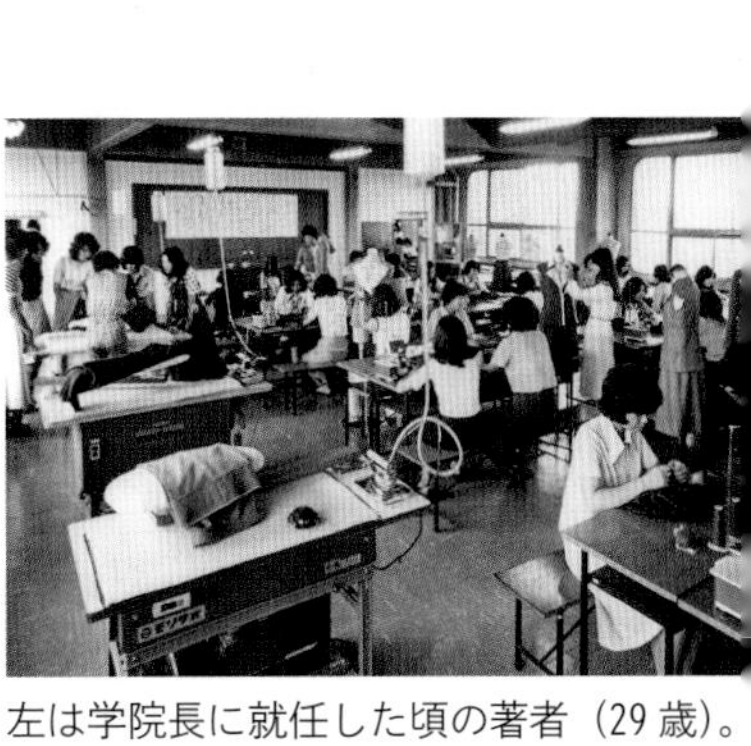

左は学院長に就任した頃の著者（29 歳）。上はドレメの授業風景（各 1980 年）

浅井学園創立80周年を迎えて

2022年10月10日、札幌パークホテルで開催した「浅井学園創立80周年記念式典・感謝の会」でご挨拶する著者（上・右）。下2点は会場での著者のスナップ

失った大切な人――故 彩木雅夫先生

著者にとってかけがえのない存在だった故彩木雅夫先生（2022 年 9 月 16 日逝去）。彩木先生の卒寿の会は、亡くなる１か月ほど前の 8 月 11 日、札幌パークホテルで開催。右はその卒寿の会で世話人のみなさまに囲まれる先生。右下は会場風景、左下は会場でご挨拶する著者

北方圏学術情報センター１階でみなさまを迎える両親の胸像。その前で彩木先生と（2021年12月）

ファッションクリエーターとして

NDC MODE COLLECTION（1996〜2002年）に出品した、著者のデザインによる作品の数々。好きな映画などからインスパイヤされた先進的な作品は、ダイナミックかつセクシーで、ビビッドな色づかいに目を奪われる

心の決めたままに＊目　次

序章　取り戻した名誉

２０２０年（令和２）11月24日――この日、私は心地よい緊張感に包まれていました。同じ月の３日、令和２年度「秋の叙勲」で受章した、「瑞宝双光章（教育功労）」の伝達式が急遽、北海道ドレスメーカー学院（現札幌ファッションデザイン専門学校ＤＯＲＥＭＥ）で開催されることになったのです。

本来は、皇居に御参内し天皇陛下のお言葉をいただくはずでした。しかし、年初から流行し始めた新型コロナウイルスの蔓延により、皇居での式典は中止され、都道府県ごとに各地の代表が代行しての伝達式だけが開かれることになりました。

当初は身内だけで式を行う予定でした。ところが、学院長（現校長）である浅井学が、せっかくだから関係者をお招きしようといって、準備を進めてくれたのです。私もできるだけ多くの方に出席いただこうと、親しい方々にあわててお願いの連絡を入れました。

おかげさまで当日は、親しい方々に多数お集まりいただくことができました。ドレメの学生たちにも会場へ入ってもらい、多くのみなさんに見守られながら伝達式を行いました。

「去年２０１９年10月10日、浅井学園は創立80年を迎えました。この受章で締めくくるのではなく、３代目の理事長として浅井学園の教育をより確固にするとともに、しっかりとした経営に務めることが、私に残された使命だと思っています。今後も神様に見守られた道を正しく歩みながら、この浅井学園を誇りに思ってもらえるよう、さらなる研鑽を積むことをお約束します。これからもどうか学園を見守り、支えてください」

ご挨拶に際して私の声は、感動と緊張のあまり少し震えていました。みなさんにお話しをしながら、胸に去来するのは学園を創設した母と学園を育てた父の面影です。そして、受章が決まった時に息子の学から贈られたメッセージが、再び甦ってきました。

おかあさん、浅井学園の名誉を回復してくれてありがとう。

のちに綴ることになりますが、17年ほど前に起きた事件で名誉を汚された学園にとって、理事長の私が長年の教育功労を評価されて受章したことは、その汚名をそそぐ壮挙だったのです。

過去の事件を考えれば、「瑞宝双光章」の受章はまさに奇跡ともいえることでした。これは浅井学園に関わるみなさんの力で受章したもので、私一人ではなし得なかったことです。さらに、私の母・故浅井淑子は没後に「正六位・勲五等宝冠章」を、その10年後には父の故浅井猛も亡くなる直前に「正五位・勲三等瑞宝章」を受章しているだけに、感慨もひとしおでした。そうしたさまざまな思いが胸に去来し、こみ上げる涙をこらえながらなんとか無事にご挨拶を終えることができました。

思い返すと、創設者である母・浅井淑子がドレメの前身となった「北海ドレスメーカー

2020年11月24日、ドレメで開催された瑞宝双光章伝達式の様子。下は章記（証書）

日本国天皇は浅井　洋子に
瑞寶雙光章を授与する
皇居において璽をおさせる

令和二年十一月三日
内閣総理大臣菅　義偉

第二〇二四七〇一号
内閣府賞勲局長小野田　壮

女学園」を創設して、すでに83年の歳月が経っています。母が創立し、父・浅井猛が発展させた浅井学園。母の跡を受け継ぎドレメの学院長になった私は、理事長を務める今に至るまでの47年間、学園のために生きてきたといっても過言ではありません。

62歳で亡くなった母の年齢をとうに過ぎ、70代に入った私に残された時間は、そう多くありません。残りの人生を新たな目的に向かって歩み始めるためにも、名誉が回復されたいま、これまでの人生を振り返り、学園とともに歩んできた自らの道のりをできるだけ率直に綴ろうと考えました。

そして、これを機に過去とお別れし、〝心の決めたまま〟残された人生を、浅井学園建学の精神「女性の社会進出、社会参加」を基本としながら、自分のやりたいことを実現できる、凛《りん》とした尊敬される日本の〝女性《ひと》〟づくりに取り組みます。そして、将来の日本を担う人材をバックアップできる、価値のある生き方をしていこうと決意しています。

第一章

母と父が育んだ浅井学園

道内洋裁界のパイオニア

母は1917年（大正6）、渡邊政助・ワカの長女として札幌で生まれました。西5丁目通りの南1条で祖父が営んでいた、薬品店「ワタナベ薬局」（中央区南1西5）が生家です。数年前まで営業していた、祝儀用品などを扱う「末廣屋」の隣の隣にありました。祖父の政助はスポーツマンで、剣道の達人でもあったそうです。母は北海道札幌師範学校附属小学校（現北海道教育大学附属札幌小学校）に入学し、卒業後は小樽の小樽緑丘高等女学校（現札幌山の手高等学校）へ進みます。しかし、1年生の後半に重い眼病を患い、長期欠席を余儀なくされ、2年生への進級を諦めました。母はその後、猛勉強を重ねて、東京にある国際色豊かな私立国華高等女学校への編入を果たします。最愛の弟と妹を早くに病気で亡くした母は、医学の道へ進み、女医になって病に苦しむ人々を救いたかったのです。

国華高等女学校を卒業後、母は東京女子医学専門学校（のちの東京女子医大）の入学試験に合格し、免許を取得しました。しかし、昔気質の祖父に「女が医者になってどうする」と猛反対され、医師になる夢を断念したそうです。

札幌に戻った母は、「女性が自立できる仕事を身につけたい」と、家事手伝いをしながら近所の個人塾で洋裁を学び始めます。そして、さらに高度な洋裁の技術を学ぶため、再び上京。杉野学園ドレスメーカー女学院（現杉野学園ドレスメーカー学院）に入学し、杉野学園の創設者で院長でもある杉野芳子先生と出逢います。杉野先生の指導のもと、毎日の睡眠が2時間ほどしかとれない過酷な課題の数々をこなしながら、母は本科と師範科を卒業。杉野先生から、教員として女学院に残るよう勧められましたが、「私は北海道で洋裁の技術を広めたい」との思いが強く、再び札幌へ戻ります。21歳の時でした。

1939年（昭和14）、母は資金を工面して実家の薬局2階を教室に改築し、念願だった洋裁学校「北海ドレスメーカー女学園」を創立、22歳にして初代学園長に就任します。開学当初、昼間部と夜間部を合わせて、約20名の学生が集まったそうです。開校の翌年には、実家の建物をすべて譲り受けて教室に改造し、道庁に法人の設立を願い出て、「北海ドレスメーカー女学院」に校名を変更して正式に認可を受けました。

ところが、開校から3年目の1941年、12月8日に行われた日本の真珠湾攻撃によって太平洋戦争が勃発。敵性国家が使う英語の使用を禁じられたことから、のちに名称を「北海洋裁専門女学院」に変更せざるを得なくなります。

当初の北海ドレスメーカー女学園（以降、愛称の「ドレメ」と略します）に校名が戻るのは、敗戦の玉音放送が流れた1945年の12月になってからのことです。日本が新しい時代を迎え、洋装が普及し始めたこともあり、ドレメには入学希望者が殺到しました。しかし、母は頑なに40名の定員を守り、少数精鋭主義に徹したそうです。

母は1944年、治部信夫さんと結婚します。その翌年、夫の信夫さんは沖縄で戦死され、同じ年に生まれた女の子も生後100日で他界しています。さらに、同年6月には妹の政子、弟の純男を相次いで病で失い、母は悲嘆にくれました。その悲しみを救ってくれたのが、カトリック信仰でした。敬虔なキリスト教信者となった母は、祈りによる心の安らぎを求めて、札幌のカトリック円山教会へ通うようになりました。

その教会の神父様だったのが、私の父の兄にあたる浅井正三神父様です。熱心に教会へ通う母にある時、「実は弟がいるけれど逢ってみないか」と声をかけてくれたそうです。当時、私の父はまだ20代だったにもかかわらず、東京の造船会社で課長職を務めていました。兄である正三神父様の紹介で2人が初めて逢ったのは、その年の10月のことで、北海道大学の中央講堂だったと聞いています。

父は最初、母をお金持ちのお嬢さんと思ったようです。ところが、母の着ているスーツをよく見ると、見た目はきちんとしているのに、袖裏などを10か所以上も細かく継ぎはぎ

昭和14年、ドレメが創立した年の授業風景。下はドレメ創立の頃の母

していることに気づきました。上質な生地の服こそ着ていますが、少ないアイテムを工夫して着回していることがわかり、そんな母の姿に父は愛情と尊敬の念を抱いたそうです。父は母の3歳年下でした。あの時代、妻より年下の夫は、尻に敷かれていると同性に侮られたものです。でも父は、世間体を気にすることなく母にプロポーズします。

しかし、母からは「私は東京では暮らせません。卒業生やこれから入学を希望する子どもたちのことを思うと、札幌を離れることはできないのです」と断りの手紙が届きます。その教育にかける強い意志を知った父は、「あなたが東京へ来られないのなら、僕が札幌へ行きます」と潔く仕事を辞めたそうです。母のことを深く愛していたからこそ、できたことだと思います。

父の家系は3代続く江戸っ子で、東京都心の目黒駅と大田区の蒲田駅を結ぶ東急電鉄旧目蒲線の洗足駅一帯に土地を持つ浅井家の跡取り息子でした。その資産を投げ打って単身、札幌へ移住したわけですから、相当な勇気が必要だったと思います。やはり母に一目惚れしたのでしょう。

1948年、父と母は浅井正三神父様の仲介によって結婚しました。父は28歳、母は31歳でした。〝渡邊〟だった姓が〝浅井〟に変わり、「だから飛躍できたのかしら？」と母はよく話していたものです。もし、母が父と一緒にならなかったら、ドレメはカルチャー教室で終わっていたかもしれないと私は思っています。

とはいえ、母は晩年、父の経営拡大という方針によって、理想の教育と学校経営の板挟みとなり、悩みを深めていきました。人間教育を第一に考える母は、よく父に「パパ、学校（建物）をつくるのは簡単だけれど、魂を入れるのは大変なことなのよ」と話していました。そう口にしながら、園児や生徒、学生たちの教育を最優先に、62歳で亡くなるまで身を粉にして働き続けました。

のちに母が亡くなった時、みな口を揃えて「早かったわね」と慰めてくれました。でも、普通は1日8時間寝るところ、4、5時間しか寝ず仕事に打ち込んだ母は、18歳で生き方に目覚めたとすれば、実質的には普通の人の72歳まで生きた計算になります。ですから母は決して早死にしたわけではなく、他人より密度の濃い日々を駆け抜けたのです。その凝縮された浅井淑子の人生を思うと、娘として頭の下がる思いです。

二人三脚で切り開いた新しい時代

話を戦後間もない時期に戻しましょう。戦略的な経営者だった父と教育者の母は、二人三脚で新しい時代を切り開いていきます。

結婚の翌年、1949年（昭和24）には早くも旭川分院を開設（その前年に兄の幹夫が誕生）。母の実家である薬局の2階からスタートしたドレメは、1950年に420坪の土地（南4条西16丁目）を購入し、同年4月に2階建ての新校舎を完成させます。校舎の隣に建てた自宅では、祖父と祖母、両親が同居しました。

そしてこの年の2月24日、私・浅井洋子が長女として生まれています。

翌1951年、北海道知事の認可を得て、私立学校法に基づく準学校法人「北海道ドレスメーカー女学院」として新たなスタートを切ります。さらにその翌年、新校舎の近くに地方から入学する学生のための寄宿舎を設けるとともに、第2校舎を新築しました。

1955年には、東京藝術大学出身の建築家・青野直樹先生の設計による、コンクリー

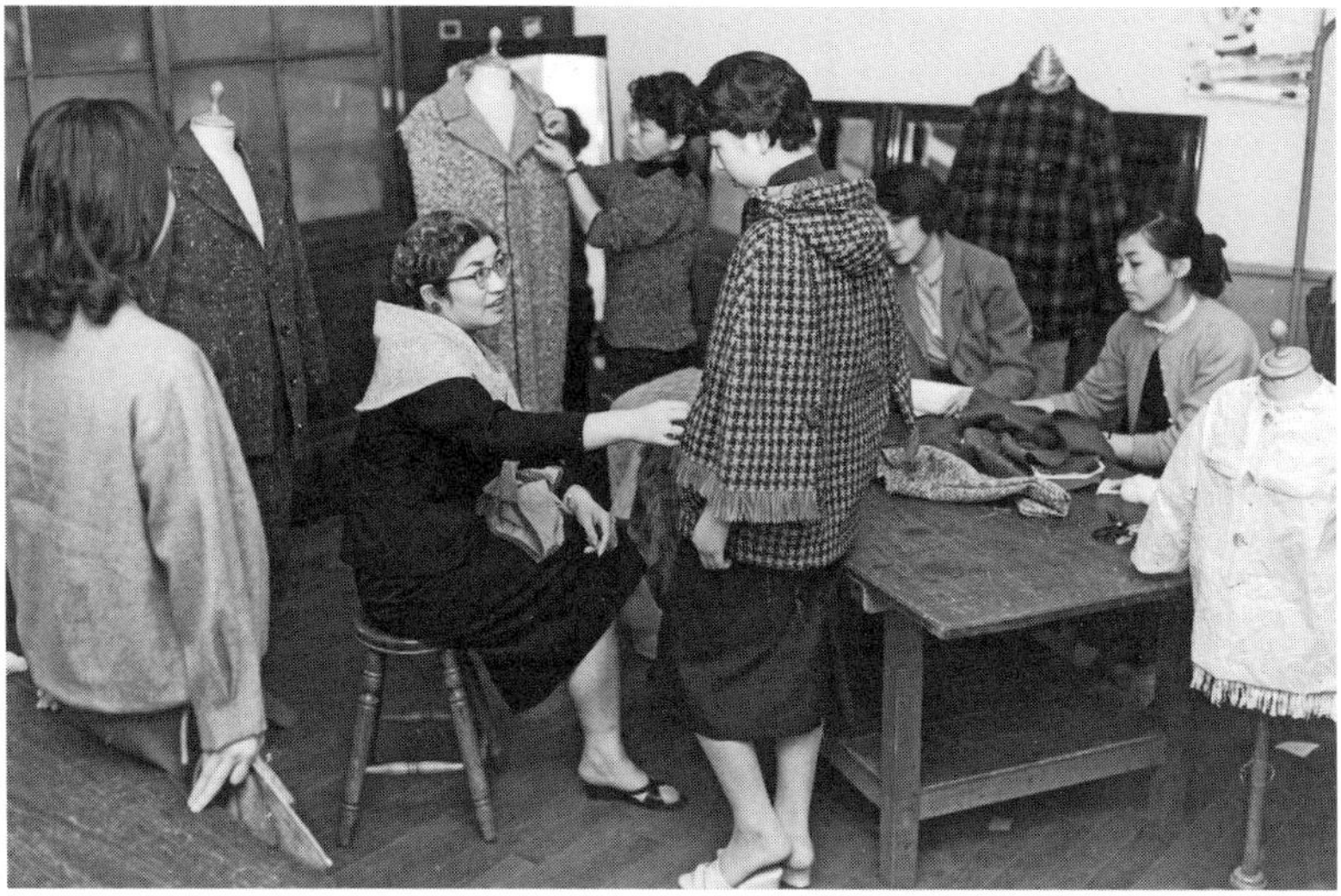

学生を指導する母・淑子（1957年）。下は1955年竣工のモダンなドレメ東校舎

ト4階・地下1階建ての新校舎が完成します。当時はまだ周囲に高い建物がなく、札幌のNHK放送局から「屋上にアンテナを建てさせてほしい」と頼まれ、了承したという逸話も残っています。

それまでのドレメは、どちらかといえばカルチャー教室の延長線上にありました。しかし、移転後は学生の数がどんどん増え、マンモス化してゆきます。月・水・金曜の午前と午後、火・木・土曜の午前と午後に分かれる昼間部は2年制、夜間部の本科、師範科、デザイナー科は3年制で、夜間部だけで400人もの学生がいたそうです。

一番多い時は、昼間部に2500人が在籍するほど学生が集まりました。授業こそ1日3時間ですが、その日提出の課題を出した上に、次の授業までの課題も出すというハードさでした。それでも学生たちはみな、必死に授業に食らいついていくような時代でした。その頃、女性が自立しようとすれば、洋裁で身を立てるのが最も身近な方法だっただけに、ドレメという学校の存在は大きかったのです。

当時、札幌にはドレメと文化服装学院があり、互いにライバル関係にありました。といっても、ともに洋服の作り方を学ぶことが目的ですから、考え方やアプローチの方法がそれぞれ違うだけのことです。たとえば、デザインの方向性はかなり異なります。ドレメ式は、ウェストをタイトに絞ったロココ調で、華やかなお嬢さまスタイル。一方の文化式は、アームホールを広げたラフなスタイルで、アクセサリーもつけません。デコラティブ

（オートクチュール）なドレメとシンプル（アパレル）な文化服装学院のカラーには、このように大きな違いがありました。

ドレメを開校した10年後、母は旭川分院を開校しています。それは、資格がほしい地方に住む女性たちに、学びの場を提供したいという思いからでした。さらに、高い専門知識を学んだ学生たちに、教員の資格を持たせたいと考えた母は、被服科のある短期大学の新設を父と計画します。

東京の文部省（現文部科学省）へ申請に行く際、父と母は、もし認可が下りなかったら津軽海峡を再び渡らず、２人で死ぬ覚悟をして遺書まで書いたそうです。それほどの強い思いで、女子短期大学を開学するために並々ならぬ苦労を重ねました。

そして、その翌年の１９６３年、道内初の被服科を擁する「北海道女子短期大学」の開学を実現させ、第１回入学式を挙行したのです。専門学校を短大化したのは、北海道では浅井学園が初のことでした。

器をつくる父、魂を入れる母

母にとって第一の大切な出逢いは、洋裁と父・浅井猛です。そして第二の出逢いが、開学後に北海道女子短期大学（以下、「道女子短大」と略します）が江別市に移転したことです。この江別市とのご縁から、江別市内に大麻団地が造成される際、当時の山田利雄市長に「幼稚園を開設してほしい」と依頼されました。というのもその頃、道内で幼稚園教諭の資格を得られる初等教育を行っていたのは、道女子短大しかなかったからです。

そして1971年（昭和46）、大麻団地の中に大麻幼稚園を開園します。ところが、すぐに定員に達してしまったため、2年後にはすぐ近くに第2大麻幼稚園を開園しました。人間教育の基本は「幼児教育にあり」と考える母は、私学ならではの特徴を生かした新しいチャレンジに精力的に取り組みました。

一方、理事長である父は、母体である浅井学園を成長させるために、短大や幼稚園のみならず、旭川に調理師専門学校を開設するなど、規模拡大を目指した学園の総合プロ

1958年、教職員に囲まれる母と父。下は札幌にあった頃の北海道女子短期大学（矢印の建物）。写真右がドレメの校舎

デュースに着手します。この時、各地に立ち上げた教育施設は、それぞれが地域に必要とされるものでした。旭川では道北以北で唯一となる洋裁や料理を学べる学校（のちのドレメ旭川分院と旭川調理専門学校）が求められており、また江別市大麻団地にいち早く大麻幼稚園を開設したことも社会的かつ地域的な要請に応えてのことです。

また、父は経営方針として、学園の教育施設を一つの法人にまとめず、ドレメは「学校法人浅井学園」、調理学校と幼稚園教育は「学校法人北海道浅井学園」とそれぞれを単一の法人にして独立採算制をとりました。各施設の責任で経営にあたらせることで、採算性の低い施設の自助努力を促したのです。

経営の順調な施設が、うまく行っていない施設を助けても、事態の改善にはつながりません。「将来性のない組織は、切るか小さくしなさい」と、父はいつも私にいっていました。とはいえ、母が亡くなったあと、「何があってもドレメだけは支える。ドレメは、妻・浅井淑子がつくった学園の母体なのだから」と父は言い続け、ドレメだけは別格の存在と最後まで考えていました。

このように、父が経営のかじ取りをすることで、母は人間育成を主眼とした教育に没頭でき、二人三脚で学園を大きく成長させていったのです。

そんな母にとって、第三の大切な出逢いとなったのが、運転手であり秘書であり、心のケア係でもあった北本正玄さんの存在です。

父は次々と新たな事業を仕掛ける、やり手の理事長でした。しかし、教育者である母は不器用な性格です。父と母の性格を両方受け継ぐ娘の私は、興味の惹かれるものがあれば迷わず飛びつき、「やらないで後悔するより、やって後悔した方がいい」というタイプです。でも母は、私とは対照的にやると決めるまでじっくりと考え、しっかり理解した上で前に進むタイプでした。

生真面目な性格の母だけに、事業を次々と拡大する父に振り回されていたように思えます。父にとって学園の事業は、言い方は悪いのですが〝おもちゃ〟のようなものでした。新しいおもちゃを買って組み立て終えると、興味の対象はすぐ次のおもちゃに移ります。ですから、父は器をつくることはできましたが、中身はすべて母に任せきりでした。しかし、園児や生徒、学生を育成する教育施設は、器ができあがってからの教育や保育といった中身が肝要です。先生方を指導し、育て、理想とする人間教育を実践することが母の使命だったのです。

その頃の母は、口癖のように「パパはどんどん新しい施設をつくるけれど、問題はどう魂を入れるかなのよ、洋子」と話していました。その意味を尋ねると、「魂というのは中身のこと、中身が伴っていなければダメなのよ」と母は教えてくれました。次々に事業を拡大する父と、その事業に魂を入れようと苦心する母――。学園の拡大とともに、母の体力と気力は、徐々に限界へと近づいていったように思います。

そんなこともあり、父は自分と母との間に、運転手という名目で秘書兼ケア係として北本さんを置いたのでしょう。生き方や考え方がまったく異なる父と母、その2人の緩衝材として、さらには連絡係として北本さんという存在が必要だったのです。

通信制の高校に通いながら母の運転手を務めてくれた北本さんは、浅井家に住み込みで勤め、母の支援を受けて最後は大学の夜間部を卒業しています。それほど母は北本さんを大切にし、持ちつ持たれつの関係を築いていました。

晩年、病魔に苦しめられた母ですが、どこへ行くにも常に北本さんを伴い、1980年に旅先の大阪で急逝した際も、その傍らには北本さんがいて、母を支え続けてくれました。

第二章　屈折した心

コンプレックスを抱えて

小学校に通っていた頃のことは、あまり覚えていません。入学した北海道学芸大学附属札幌小学校（現北海道教育大学附属札幌小学校、以下附属小と略します）は、先進教育を実践するモデル校だったので、生徒も優秀な子ばかりが集まっていました。

附属小は、浅井家と深い関わりがあります。母は附属の小学校出身ですし、兄や私の長男も附属の小・中学校を卒業しています。加えて附属の制服は、母・浅井淑子のデザインが採用され、記録にも残っています。私が附属小を卒業した年にデザインの採用が決まったので、母のデザインした制服を着ることはできませんでしたが。

当時から附属小の制服を着た生徒はよく目立ち、特に男子の制服の帽子は可愛らしく、素晴らしいデザインだと思います。また、市立札幌旭丘高校のかつての女子制服も母がデザインしたもので、シンプルな赤いリボンが粋だったことから採用され、大きな話題を呼びました。

そうしたこともあって、母は当然のように私を自分の出身校に入学させました。でも勉強が苦手な上に、大柄で太っちょだった私にとって、頭の良い優秀な同級生に囲まれた日々は苦痛でしかありませんでした。コンプレックスだけが増し、暗い気持ちになるばかりです。あとでわかったことですが、私の場合、左脳が持つ文字による記憶の回路の感度が鈍く、物事をうまく覚えられないようなのです。

ですから、学校でも家でも無口で感情を表に出さず、人のすることをじっと観察しているような子どもでした。家族で車に乗っていても、一人だけ黙って外を眺めているので、母からはいつも「どうしたの、洋子。何を考えているの?」と心配されたものです。

私の記憶から、当時のことがほとんど消し去られているのは、そんな辛い時代を思い出したくないせいかもしれません。

今考えると、ある種の引きこもり状態だったのでしょう。ですから、のちに教育者となってそういった子どもたちに接すると、その気持ちが痛いほどよくわかりました。上からの目線ではなく、子どもたちと同じ目線で話すことができるのは、辛く苦しい小学校時代を過ごした経験を持つからなのです。

あまり記憶のない小学校時代ですが、唯一、卒業する時にクラスで開かれた「お別れ発表会」のことは、今も鮮明に覚えています。全校生徒に加えPTAも参加する卒業記念の会で、卒業生がそれぞれ発表するものを考えます。私は友達と2人でお芝居をすることに

誕生会でロウソクを吹き消す著者(1957年)。下は円山教会の礼拝にて(1958年)

小学校 6 年生の頃の著者（1962 年）

し、自分はピエロの役を演じました。それまでは何事にも消極的だった私ですが、苦手だった小学校から〝飛び立てる〟という解放感もあって、にわかに積極的な気持ちになっていたのです。

お芝居はクラスメートとの別れをテーマにしたもので、友達と一緒に内容を考えました。話の最後に、落ちていた五円玉を拾ったピエロ役の私が、「ご縁（五円）があったら、またお逢いしましょう」という、実に他愛のないものでした。ピエロはそれほど好きなキャラクターではありませんが、変装すれば誰も私とは気づかないだろうと考えたのです。

しかし、私が演じたピエロは印象的だったようで、「上手だったね、あれは誰だったの？」とみんながささやき合っていました。多忙な母も時間を割いて観にきてくれましたが、私がピエロを演じたことには気づいていませんでした。

その日の夜、夕食の食卓で母が同じ話をするので、「それって私だよ」と答えると、母はびっくりしていました。暗くて消極的だった私がピエロの役を演じるなんて、母には想像もつかなかったのです。

学校では目立たない存在の私でしたが、家に帰ると母の代わりをしなければなりません。というのも、仕事に追われる母は、家に帰ってくる頃には疲れ切っていて、頼れるのは娘の私しかいなかったからです。

母は私に、「洋子、今日の夕ご飯は何にする？」と尋ねます。すると私は、「そうね、任せて」と応え、住み込みのお手伝いさんと献立を決めます。そのほか、1週間分の買い物リストを一緒につくるなど、さまざまな家事をこなすための段取りを、いつもお手伝いさんと考えていました。こうした家庭環境で育ったおかげで、なんでも自分の頭で考えることが習慣化され、それを積み重ねたことで、自然と論理的な考え方やクリエイティブな思考能力が養われたのだと思っています。

いま振り返ってみると、母の素晴らしさは、人を育てようとする姿勢にあったことに気づかされます。母は私に対していつも、「何をつくるの?」「何を食べさせてくれるの?」と問いかけてくれました。その期待に応えようと私も一生懸命考え、工夫し、母に喜んでもらおうと頑張ります。

その結果に対しても、母はしっかり評価してくれます。「おいしかったわ! これ、どうやってつくるの?」などと反応し、たとえ自分がよく知っていることでも「それ知ってるわ」などとは決して口にしません。母は常に「すごいわ。洋子はシェフになれるわね」といって期待しながら待ち、そして寄り添ってくれるのです。そうした会話から〝信じ合う心〟が生まれ、私も「ママの喜ぶことをしてあげたい」と思うようになったのです。

ところで、附属小の3年生から5年生までの3年間、担任としてお世話になったのが小山田碩《せき》先生です。のちに次男の洋が幌西《こうさい》小学校に入学した時、校長を務められていた小山田先生と思わぬ再会を果たし、驚いたことをよく覚えています。

新たなスタート

附属小を卒業すると、ほとんどの生徒はそのまま附属の中学校に進みます。しかし、私は拒否しました。小学校と同じことを、もう繰り返したくなかったのです。

当時の札幌には、キリスト教カトリック系の藤女子と聖心女子学院、ミッションスクールの北星学園女子、仏教系の札幌大谷、そして非宗教系の札幌静修という5校の私立女子校がありました（静修を除き、他は中高一貫校です）。

英語が好きだった私は、将来、海外留学などで経験を積み、秘書や通訳、ツアーコンダクターになる夢を持っていました。それだけに、アメリカ人によって創立され、英語教育に定評のあった北星学園を迷わず選びました。

もとから制服の星のマークが好きでしたし、白星の校章に象徴される明るく生き生きとしたイメージもあって、その頃の私は他校の制服は「ダサくて暗い！」と思い込んでいたほどです。それだけ、その頃の市内の私立女子校はそれぞれが独自の校風を持ち、生徒のカラーにも各校の個性や特徴が反映されていました。

附属中学校ではなく、北星学園女子中学高等学校に入りたいといった時、母は特に反対しませんでした。でも、できることならカトリック系の藤女子に入学してほしかったようで、あとから伯父の浅井正三神父様に苦言を呈されたと母にきかされました。

でも、あのままエスカレーター式に附属中学へ行っていたなら、今の自分はなかったと思います。中学校で新たなスタートを切れたからこそ、自分が本来持つ資質を伸び伸びと発揮できるようになったと思うからです。

中学校では、家事の手伝いで培われたリーダーシップを見込まれたのか、自分から手を上げるタイプではないのですが、学級委員に選ばれるなど統率力を発揮する機会に恵まれました。こうして周囲に自分の存在を認めてもらえたことは、大きな自信になりました。

クリスマス行事のイベントで「オズの魔法使い」を上演した際には、私が舞台監督を務めました。ほかのクラスに負けたくなかった私は、練習でも厳しく指示を出したせいか、今でもクラスメートに「あの時の洋子は怖かった」といわれるほどです。

クリスマスや復活祭など学内のイベントでは、聖歌隊のメンバーとして舞台に立ち、ソロ歌唱の場面では一歩前に出て「ハレルヤ」を歌ったりと色々やりました。さらに、中1にして早くも卓球部のエース（もちろん女性ですが）とつきあったりと、小学校時代と打って変わり学年でも目立つ存在となっていきました。

また、英語が好きだったので、学内の英語弁論大会に出場して上位に入賞したり、日本語の弁論大会に出場したりしました。そもそも英語が好きになったのは、母のおかげです。小学校の頃、母から習ったローマ字のアルファベットがしっかり頭に入ったことで、英語がとても好きになったのですから、母には感謝するしかありません。

学校の成績は、英語と数学は良かったものの、あとの教科はさっぱりでした。そこで私は、国立大学への進学を目指す優秀な同級生のグループに混じって勉強を教えてもらいました。「洋子、こんなこともわからないの？」と呆れられながらも、同級生の彼女たちにはずいぶんと助けてもらいました。

成績は今一つの私でしたが、母は「勉強をしなさい！」と叱ることは一度もありませんでした。といって無関心なわけでもなく、「今度、また頑張ればいいわ」と見守ってくれるのです。今考えると、中学に入って私が明るく元気になったことだけで、母は十分満足していたのかもしれません。

ドレメの学園祭で両親と（中学校 2 年生、1964 年）

母に振り返ってほしくて

とはいえ、中学・高校時代の私が品行方正な優等生だったわけではありません。むしろ、素行不良だったといっても過言ではありません。

中学校の入学式が行われた翌日、私は札幌・大通の三越デパート前で、いつものように靴磨きをしてもらいました。すると、制服姿で靴を磨かせている私の姿を見た保護者が、学校に通報したことで問題になったのです。

翌日、風紀担当の先生に呼び出され、「靴は自分で磨くものだ」と厳しくたしなめられました。生意気だった私が「どうして駄目なんですか！」と食い下がると、呆れた先生に「親の顔が見てみたいものだ」といわれました。その言葉を聞いて我に返った私は、我慢して引き下がるしかありませんでした。

今になってみると、学校の制服を着たまま、街のど真ん中で靴磨きをしてもらったのですから、いい度胸をしています。我が家ではあたり前のことも、世間には通じないことを思い知らされました。

その後も、前髪にパーマをかけて叱られたり、喫茶店へ行くだけで停学になる時代に、放課後、私服に着替えて友達と喫茶店に行ったり――。制服のスカート丈も校則違反の短さで、先生へのいたずらも日常茶飯事でした。母の前で良い子を演じていた反動もあったのでしょうが、先生に対してはいつも反抗的な態度や行動をとっていました。

でも、そうした私の表も裏も、母はわかっていたのだと思います。15、16歳でもうタバコを吸っていましたし、初めて結婚したいと母に伝えたのは17歳の時でした。家では素直で従順な娘が、外で母の信頼を裏切るようなことをした時、どんな顔で私のことを見るのか知りたくて、いろいろな悪さをしました。

学校から呼び出された親御さんは、「うちの子はいい子なんです。今後の成績にひびきませんか?」と必ずいいます。しかし、母の対応は実に冷静です。先生に名刺を差し出すと、「母親の私が教育者という立場にありながら、本当に不徳のいたすところです」と丁寧に謝っていたものです。

そうやって、母が私のために詫びたり、自分にだけ向き合ってくれたりすることが、その頃の私にとって何よりもうれしいことだったのです。幼い頃から触れ合う機会が少なく、愛情に飢えていただけに、母の愛を確認するために悪さをしていたのだと思います。

また私は、幼い頃から「ああしなさい、こうしなさい」と命令され、抑えつけられるのが大嫌いでした。中学生くらいになると、子どもは反抗期に入って暴れたり、身体が発達して性に目覚めたりします。でも、それを力で抑え込もうとすると逆効果になりかねません。教育者である母は、私のそうした性格を理解した上で接していたのでしょう。それはとても大きい、包み込むような母の愛でした。

そういえば中学2年生の頃、以前から糖尿病を患っていた母が足を悪くして、小樽の朝里川温泉にある「朝里整形外科・内科病院」に長期入院したことがあります。院長は、衆議院議員で郵政大臣も務めた故箕輪登さん。母の妹の夫で、私の叔父にあたります。

ミッションスクールの北星学園はその頃から土曜も休校だったので、私は毎週金曜日の放課後になると食材を買い出ししてから、鉄道とバスを乗り継ぎ朝里の病院へ通いました。そして、金・土曜と連泊し、病院の自炊設備を使い札幌から持ち込んだ食材で母に食事をつくっていたのです。

母はもちろんのこと、ほかの患者さんにも食事をふるまい、日曜日には札幌へ帰る――そんな生活をしばらく続けました。母はたいへん喜んでくれましたが、私も病室の床に布団を敷いて一緒に寝られることがうれしかったのです（背中は痛くなりましたが）。

思い返すと、母とこれだけ長い時間、二人きりで過ごすことができたのは、これが最初で最後の機会となりました。

第三章

目覚めと葛藤

気づいた家庭環境の違い

一緒に遊ぶ悪友から勉強を教えてくれる優等生まで、私は中学のクラスメートのみんなと分け隔てなく接し、受け入れてもらいました。裕福な家に育った私ですが、勉強が苦手というコンプレックスがあったこともあり、人を見下すことは決してありませんでした。

この頃から、命令されたり、上から押さえつけられたりすることは大嫌いで、受け入れられない性格でした。それもあって、他人にはそうした態度を取らない、相手を尊重できる人間になれたのかもしれません。

ですから、「あなたにはできない」などと他人にレッテルを貼られるのはまっぴらごめんです。できるかできないかは、自分自身が一番よくわかっているのですから。

裕福といえば、我が家には当時、兄と私のために住み込みのお手伝いさんと教育指導をしてくれる方がいて、不在がちな両親に代わって私たちを支えてくれました。普通の家では考えられないことだと思います。学校に行く日はお手伝いさんがお弁当をつくってくれるのですが、いつもデパートなどのきれいな包装紙で包んでくれました。

附属小に通っていた頃は、裕福な家の子に囲まれ、貧乏という言葉のリアリティーを感じたことはありませんでした。しかし、さまざまな家庭環境の同級生が通う北星学園に入ってみて、初めて社会の現実を知り、それぞれの環境の違いや貧富の差に気づかされるようになりました。

それだけに、同級生にお嬢さん扱いをされるのが嫌で、私は家を出たあと自分でお弁当を新聞紙に包み替え、学校へ持っていくようにしていました。家に帰るとまた包装紙に包み直すのですが、ある時、お手伝いさんに見つかり、「包装紙が嫌なら、新聞紙で包んでもいいのよ」といわれました。でも私は、「ママが嫌がるから、そのままにしておいて」と懇願したことを覚えています。

私は幼い頃から、「人間は生きるために働くのか、食べるために働くのか」といったことを考えていました。そのせいか、中学や高校でつきあった男の子も、みんなそういう問いを私に投げかけるようなタイプでした。

ボーイフレンドから「洋子は何のために生きているの?」と尋ねられ、「確かに、何のためなんだろう?」と考え始めると夜も眠れなくなります。その答えを求めて、さまざまな本を貪るように読んだ時期もありました。そして中学に入り、恵まれた家庭に生まれたことを自覚した私は、自分の知らない世間を知りたくなり、アルバイトをしてみたいと考えるようになりました。

夏休みに入る直前、新聞でアルバイト募集の広告を探すと、今は閉じてしまった札幌の円山市場に入居する、かまぼこ店の募集広告を見つけました。北星学園の校則では、高校生にならないとアルバイトはできません。でも、中学2年で高校生ほどの体格だった私は、高校1年生と嘘をついて採用してもらいました。

「朝5時に来てください」といわれ時間通りに行くと、「本当に来たんだね」と驚かれました。あまりあてにされていなかったようです。アルバイトの勤務時間は、午前5時から午前11時前後までの6時間ほど。分厚い雨合羽のような大きいエプロンを掛け、長靴を履いて作業場に入り、棒にすり身を巻いてちくわをつくるなど、手作業のかまぼこづくりを手伝いました。

魚肉のすり身は薬剤を使って脱色するので、素手で作業をすると手がひどく荒れました。その日に必要な分ができあがれば作業は終了です。この時、かまぼこのつくり方の裏側を知り過ぎてしまったせいか、その後はかまぼこが苦手な食べ物になってしまいました。

夏休み中は毎朝、バイトに行く時間になると、「散歩に行ってきます」と嘘をついて出掛けます。母は毎朝4時に起きてデスクワークを始め、仕事に集中しているので、私の行動には気づいていませんでした。

アルバイトの帰りぎわ、その日に出た商品にならない半端もののかまぼこの切れ端《きれはし》を持たされるので、私はいつも家の冷蔵庫に入れていました。そのかまぼこを、夜ごとの晩酌を欠かさない母はつまみにしていたのです。自分の娘が働いてもらってきたものとも知らず、美味しそうに食べている姿がおかしく思えました。

ところがある日、エプロン姿の私が市場の外で手を洗っている姿を、ドレメの卒業生に見られてしまいます。そこから、私がかまぼこ店でアルバイトしていることを母に知られてしまったのです。

母は私を呼ぶと、「アルバイトは悪いことじゃないけれど、中学生は禁止されているわよね。そんなにお金がほしいの？」と尋ねました。私が、「お金持ちとそうでない人の違いがわからないから、お金の価値が知りたくて……」と答えると、母は絶句していました。そして、「アルバイトがいつ終わるか、わかったらママに教えてね」というだけで、それ以上は追及されず、もちろん怒られもしませんでした。とはいえ、学校にばれて呼び出される可能性もあり、母は覚悟した上で認めてくれたのだと思います。

それから母は、私がアルバイトをしている時間を見計らってときどき店を覗きにくるようになりました。当時、母は日本に数台、北海道にはおそらく1台しかないオールズモービルという、トルコブルーのきれいなアメ車（アメリカ車）に乗っていました。その車で狭い路地を通るのですから、目立たないわけがありません。私もすぐに気づきましたが、いつも知らんぷりをしていました。

アルバイトの最終日、私が店主に挨拶をしていると母もやってきて、「娘がたいへんお世話になりました」と挨拶し、大きなスイカ2個と高級酒をお礼に手渡しました。すると店主は、「やっぱり、浅井先生のお嬢さんだったんですね」と驚いたふりをしていましたが、とっくに私の身元はわかっていたようですが……。

それでも、かまぼこ店のみなさんは私のことを特別扱いせず、他の店員と同じように接してくれました。そのことが私にはとてもうれしく、同時に学校では体験できない社会の一面を知ることができたのです。

親友との出逢い

中学校に入って、私は真の親友に出逢うことができました。竹内基さん、愛称は〝チック〟です。彼女とは当時から今に至るまで親友で、私のことは〝オコ〟の愛称で呼んでくれます。北星学園の寮に入っていた彼女は、頭がよく個性的な人で、相性が合うこともあり親しくつきあうようになりました。

あるとき彼女が、「私、この学校にいたらダメになっちゃう」といいました。「どういう意味？」と私が尋ねると、「別の高校に行って、もっとちゃんと勉強がしたいの」と打ち明けてくれたのです。その言葉通り、彼女は札幌北高校への転入試験を受け、一発で合格しました。それほど頭脳明晰で優秀な人でした。

あるとき彼女に、「親友ってどういうものかしらね」と尋ねたことがあります。すると、「一生涯にできるかどうか、わからないくらいのものよ」と答えてくれました。それを聞いて、この人になら私のことを一生託してもよいと感動したものです。

チックは高校を卒業後、看護婦を目指しました。しかし、家庭の事情で学費の援助を得られないため、看護学校の援助を受けて、寮で暮らしながら3年間学びました。その代わり、卒業後は看護婦として、病院で数年間の無料奉仕をすることになります。

そんな彼女から、本格的な病院実習へ入る前に看護学校で行われる「戴帽式」に出席してほしいと頼まれたのです。本来は、自分の両親に出席してもらう大切な式なのですが、彼女なりの想いがあってのことだと理解した私は、1人で出席しました。ナースキャップをつけた彼女が、キャンドルの灯りの中でナイチンゲール誓詞《せいし》を朗読する姿は、今も忘れられません。

大人になってからも、チックとは変わらず親しくつきあっていますが、逢うのは年に数えるほどです。でも、人生の分岐点には必ず寄り添ってくれる真の親友だと思っています。私の葬儀の際は、彼女に弔辞をお願いすると決めていますが、最近では「オコ、私のほうが早いかもよ」といって笑っています。

苦しい時や悩んでいる時、私はチックに甘えてすぐに電話をしてしまいます。そして、「今すぐ逢いたい！」というと飛んできてくれます。それなのに、彼女が私に愚痴や悩みを話すことはありません。「オコ（私の愛称です）は多忙だから私の悩みなんて……。私はオコのことがいつも心配なの。無理をしたらだめよ」といつも慰めてもらってばかりです。

すべてに対して献身的に仕えてきたチックこと竹内さんの生き方を知る私は、本当に稀有な人と心から尊敬しています。それなのに、ご両親と旦那さんを次々と亡くし、今は3代目の愛猫と暮らす彼女。どんなに寂しいだろうかと、その暮らしぶりがいつも気にかかりますが、私にはお祈りをすることくらいしかできません。

高校時代の結婚騒動

高校生になると、バレーボール部にスカウトされました。といっても、運動能力の高さをかわれたわけではなく、マネージャーのような位置づけです。なぜかといえば、試合前の組み合わせ抽選でジャンケンに強い私がいると、不戦勝の枠を選べたからです。昔から勝負ごとには強く、「とにかく勝つ」と自己暗示をかけるタイプでした。

高校時代の出来事で忘れられないのは、私の結婚騒動です。

18歳になったらすぐに免許を取りたいと考えた私は、自動車学校に入らず、非公認の運転教習所に通って練習することにしました。教習所には、トラックの運転手や大型クレーンの運転士といった社会人が多く通っていて、そこで出逢ったのが3歳の子どもがいる既婚のトラックドライバーでした。

もちろん、私は本気ではありません。でも、相手には金持ちの娘だという下心があったのか、奥さんと別れて結婚しようということになりました。私としては、結婚したいと騒

著者が通った頃の北星学園高校。下は高校 3 年生の頃（1968 年）

いだら母がどんな顔をするか見てみたい――それだけが目的でした。

母に結婚したい人がいると伝えると、「それじゃ、その方とお逢いしましょう」と即座にいわれました。最初に怒られると思っていた私は、驚きのあまり「わかりました」と応えていました。もう、あとには引けません。

数日後、母と私と相手の3人で、たしか大通西16丁目にあった今はない「ハイチ」という、当時としてはお洒落なレストランで会食をすることになりました。母は席に着くと、料理を3人前注文しました。

私が彼と結婚したいと話すと、母は「ああ、そうなの。わかったわ」「ところであなたはどういう方なんですか」「あら、3歳の娘さんがいるの。じゃあ、離婚して洋子と一緒になるの?」「そう、そのつもりなの。でも、洋子はこれから高校を卒業して、大学行くことになりますが、あなたは待ってくださるの?」などと、矢継ぎ早に話を進めます。

小さなかわいいコロッケ2個とその横にサラダがきれいに盛りつけられた3人分の皿が、テーブルに運ばれてきました。でも、私と彼は緊張して手がつけられません。私が「大学なんて行かないわ」というと、「洋子はこんなことをいってますけれど、これからが大変なのよ。あなたは待ってくださるのかしら」などと彼を諭しながら、結局、母は私たちの分まで3人前6個のコロッケを平らげてしまったのです。

小さいとはいえ、コロッケを一人で6個もです。「出されたものは全部召し上がらないとダメですよ。残してはいけませんからね」などといいながら、パクパク食べる母の姿を、私は内心びっくりしながら眺めていました。

自分から結婚すると宣言した手前、私は結婚したいと言い張るしかありません。母は平然と、「それじゃ、洋子のことを頼むわね。あなたはもう大人だし、ご家庭を持ったこともある方だから、まだ若くて経験のない洋子のことを抱きかかえてあげてちょうだいね」などといって店をあとにしました。そんな母の態度に、「何なの、これ？」と私はすっかり白けてしまったことを覚えています。

相手のことを好きだったわけではないので、次の日の夜、「やっぱり別れたから」と母に伝え、話はそれきりになりました。今では相手の名前すら覚えていません。ただ狼狽する姿を見たかっただけなのに、少しも動じない母を前にして、子どもじみたことをした自分が情けなくなりました。

そういえば当時、東京へ遊びに行くといって母に飛行機代をもらい、それを使わずトラックに同乗して札幌・東京間を行き来したこともありました。怖いもの知らずとはいえ、振り返るとずいぶん無茶をしていたものです。

人は誰しも表と裏があり、一長一短があるものです。長所を褒めてくれる人はたくさんいますが、短所を抱きかかえ受け入れてくれる人のすごさを、母は私に教えてくれました。

母はよく、「嫌いな人ほど愛しなさい」と私にいいました。「嫌いな人なんて愛する必要ないわよ」と言い返すと、「そうね。でも、もう少し大人になったらわかるわ」といった母の言葉の意味が、今になってみると身に沁みます。どんな人でも自らの過ちに気づく可能性を持っていて、それを信じて見放さない——母が伝えたかったのは、そうしたことだったように思います。

厳しい言葉を投げかけることは決してしない人でしたが、だからこそ私にとって、母が一番怖い人でもあったのです。

本意ではなかった大学受験

高校3年生になると、私も卒業後の進路を考えるようになりました。自分はトップに立つより、それを支える参謀が向いていると考えた私は、秘書教育に定評のある東京の専門学校「津田スクール・オヴ・ビズネス」に入って、トップを輝かせる秘書を目指してはどうかと考えたり、旅行代理店で旅程を組み立てるプランナーやアドバイザーのような仕事に憧れたりもしました。しかし、両親から大学を受験するよう懇願され、しぶしぶ入試を受けることになりました。

ところが受験の間際になって突然、「卒業に必要な日本史と世界史の単位が足りないので卒業は難しい」と学校から通告を受けたのです。見込みの卒業証明書こそ用意するとはいうものの、納得できない母は学校と直談判してくれました。

「単位を取るための補習は、何度でも機会をつくれます。でも、受験は一度きりしかチャンスがないんです。どうしてその機会をつぶそうとするのですか!」。母にしては珍しく憤り、強い口調で抗議しました。そのおかげで私は無事、受験しながら補習も受けて卒業できることになりました。この時は、「ママも怒ることがあるんだ！」と妙なところに感心していましたが、人生の大切な場面でしっかり物申してくれた母の行動こそ、我が子を思う親心だったとあとで気づかされたものです。

大学入試は、カトリック系の上智大学を本命に、数校受験することにしました。しかし受験の直前、足の爪に入ったばい菌が原因で炎症を起こす「ひょう疽《そ》」になり、歩くだけで足先に激痛が走る状態になってしまったのです。病院に行くと、すぐに手術しなければいけないと診断されましたが、東京での受験を間近に控え入院などできません。仕方なく、足をひきずりながら東京へ行き、なんとか試験を受けることができました。

結果は、「君の学力では無理」と先生からいわれていた本命の上智大学を含め、希望する大学はことごとく不合格でした。そして、かろうじて受かった、東京の昭和女子大学英米文科短期大学部に入学することになったのです。

第四章

私を変えたアメリカ留学

大学を辞めて札幌へ

北星学園女子高校を卒業した1968年（昭和43）4月、私は東京の昭和女子大学英米文科短期大学部に入学しました。ひと足先に東京で浪人生活を送っていた兄と同居することになりましたが、のちに独立して一人暮らしをすることになります。

もともと行きたかった大学ではない上に、勉強が苦手というコンプレックスもあり、授業を受けるのは苦痛でした。それでも大学2年になると、仲間の推薦で学園祭の実行委員長になるなど、同期生たちには一目置かれていたようです。しかし6月の学園祭が終わると、もう大学に通う意味を感じられなくなり、私は一日も早く社会に出て自活したいとの想いを募らせるようになりました。

ある日、新聞で住み込みの家政婦を募集する広告を見つけた私は、すぐに電話を掛けて面接の約束を取りつけました。秋葉原にあるお宅を訪ねると、かなりの豪邸です。面接で奥様から「お掃除は好きですか？」と尋ねられ、なんとか雇ってもらいたい一心で、「あ

大学に合格した頃の著者と母（1968 年）

まり好きではないのですが、努力します！」と答えました。すると、「その態度、気に入ったわ。今どき、あなたみたいな子はいないわね」とはきはきとした対応ぶりがすっかり気に入られ、その場で採用が決まりました。

迷わず私は、その日のうちに大学に退学届けを出しました。もし両親に中退をとがめられたら、縁を切る覚悟でした。住み込みで働くため、借りていた部屋を引き払うことになり、余分な荷物を送り返す必要もあったことから札幌の実家に電話をしました。

最初に父が出たので事情を話すと、「おまえは何をやってるんだ！」と怒鳴りつけられたので、私はガチャンと受話器を置きました。すると母が折り返しの電話をくれました。「自分の性格には合わない大学なので、卒業まで我慢できないと思って退学しました」と説明しましたが、「あと半年で卒業なのに……」とさすがの母も落胆していました。

それでも母は、「わかったわ。明日、朝一番の飛行機で東京に行きます」と即座にいいます。「ママは忙しいんだから、そんなことしなくていいわ。自分の後始末は自分でするから」と慌てていいましたが、「ダメよ、お願い。頼むからママが着くまで待っていて。お昼ぐらいまでには着くから」と母に懇願され、ひとまず到着を待つことになったのです。

母は私が何か問題を起こすと、その理由を尋ね、見事に解決へと導く人でした。反対に父は、話をきく前から頭に血が上り、「何をやっているんだ！」と怒鳴って電話を切ってしまうようなタイプだったので、話が通じないこともしばしばでした。

翌日、母が訪れた私の狭い部屋は、すでに引っ越し用の段ボール箱が積み上がっている状態でした。でも、母は怒りませんでした。天井がひっくり返りそうなほど激しく怒る父に対して、怒られると反撥する私の性格をよくわかっている母は、決して声を荒らげたりはしません。

「大学を辞めるのは仕方がないけれど、お願いだからもう決まったという家政婦の仕事はやめて、札幌でドレメの仕事を手伝ってくれない？　勤め先の方には私が謝りに行くから」と母に説得され、私は札幌に帰ることを約束させられました。

その後、秋葉原の奥様のところには自分でうかがい、「事情があって、急に故郷の北海道へ帰らなければならなくなりました。ほんとうに申し訳ありません」と丁寧にお詫びしました。すると、「わかりました。機会があれば、いつでもまたいらっしゃい」といってくださり、その優しい言葉が胸に沁みました。

東京の部屋を引き揚げて札幌に戻った私は、ドレメの職員として勤めるようになりました。昼間はドレメの学生食堂で働き、食券の販売やテーブルの後片づけ、皿や丼などの食器洗いが私の仕事です。当時のドレメは学生数が多く、お昼時になると２００名ほどが利用するため、毎日が大忙しでした。

しかし、やりたいこともできぬまま札幌に戻った私にとって、それは鬱々とした日々でした。その頃の私を知る、今では最も親しい友人の三浦順子さん（現ニューヨーク在住、私の心の友です）は、「食券を売っている時の洋子は、ほんとうに無愛想だったわよ」といいます。自分では覚えていませんが、相手の顔も見ず食券を渡していたそうです。そんな私が浅井家の娘と知り、驚く人も少なくありませんでした。

食券の販売が終わると、次は食器洗いなどのあと片付けです。食堂での仕事を終えると、今度は事務所に戻って帳簿をつけ、夜はドレメの夜間本科で洋裁の授業を受けます。でも、その頃の私は洋裁が大嫌いで、少しもやる気が起きませんでした。不器用なせいか針をうまく使えず、人と同じように縫っても最初はたいてい失敗してしまうのです。洋裁が家業の家に生まれたことを恨んだことも、一度や二度ではありません。

夜間本科の授業では、当時、副院長だった故宮岡美恵子先生の指導を受けました。しかし、失敗しても叱られた記憶はなく、院長の娘だからと手加減されているように私は感じていました。それが歯がゆく、「このままここにいては成長できない」という焦りにも似た思いにかられるばかりでした。

母の背中を追って

札幌に戻って1年ほど経った頃、私は母も学んだ東京・杉野学園のドレスメーカー女学院本科に入ることを決意しました。このまま札幌にいても、自分は成長できないと思ったからです。

でも、すべては母の筋書き通りだったのかもしれません。「洋子は縫い子さんになるわけじゃないでしょ、色々考えるのが好きなんでしょ。じゃあ、こういうことも、ああいうこともできるんじゃないかしら。じゃあ、次はどうするの?」。母は常に、将来に向けたヒントを私に与え、導いてくれていたからです。

この時、1年をかけて自分で見出した将来の方向性は、「私は縫う人には向いていないけれど、色々なことを企画するのが好きで、リーダーシップを取ることも好き。そしてリーダーになっても、〝お前がやれ!〟とただ命令するのではなく、自ら率先して仕事をし、部下を率いることができるタイプ。だから、縫うことのエキスパートにはなれなくても、私にはほかにやるべきことがきっとある」というものでした。

私は中学生の頃から、「いざという時は、自分が母の跡を継いで学園を守らなければ」と考えていました。東京の杉野学園に入ろうと思い立ったのは、将来、母が創立したドレメを私が守るためには、母やドレメの原点を肌で知る必要があると考えたからです。

杉野学園で学び直したいと母に伝えると、とても喜んでくれました。そして、すぐに自らの師であり杉野学園の創始者でもある杉野芳子先生に連絡を取ってくれたのです。


1970年（昭和45）の春、ドレメの夜間本科を卒業した私は、杉野学園ドレスメーカー女学院（以下、「杉野ドレメ」と略します）の本科に入るため、再び上京しました。以来、学科をステップアップしながら通算4年間、杉野ドレメに通うことになります。

最初は寮に入りましたが、息苦しい寮生活は肌に合わず、半年後、同じ寮で仲良くなった長野出身の宮原昭子こと通称アコちゃんと部屋を借りて、一緒に暮らすことにしました。年下のアコちゃんは、私にとって妹のような存在であり、同時に洋裁に関する技術の高さにも一目置いていました。アコちゃんのことは、あとで詳しく紹介します。

私が杉野ドレメで学んだことは技術です。最初に出逢った恩師の故小島貞子先生（今も娘さんとのお付き合いが続いています）は私に、洋裁の技術やセンスを叩き込むとともに、感性の高いコンテストに応募することの大切さを教えてくれました。その期待に応えられるほど技術が上達したとは思えませんが、私の目標は職人になることではないので、下手でもやり方さえしっかり覚えればいいと割り切っていました。

その頃、自分で〝中日《なかび》〟と呼ぶ水曜日の授業だけ、毎週休んでいました。自分だけの休日をつくるために、私は朝9時から始まる1日5時間の授業の中で、何を学ぶべきかを事前に考え、おしゃべりする暇もないほど必死に課題に取り組みました。

ほとんどのクラスメートは、課題にどう取り組むかを考えてこないので、学校に来てから宿題だった作品の組み立てを考え始めます。片や、時間を無駄にしたくない私は、事前に組み立てを考えておき、学校では仮縫いに集中するようにしました。

こうして時間を捻出することで、毎週水曜は学校を休み、自分だけの自由な一日を確保しました。昼間は習い事をしたり映画を観たり、夜は夜で六本木へ遊びに出かけ、土・日曜にはレンタカーに先輩を乗せて鎌倉へドライブに行ったものです。東京の道をまだろくに知りもしないくせに、人を乗せて運転しているのですから怖いもの知らずでした。国鉄目黒駅の真正面で車が動かなくなり立往生していると、警察官が来て「車のギアが入っていないよ！　あなた、本当に免許を持っているの？」と呆れられたこともあります。

ある時、先生から「あなたはどうして、いつも水曜日は休むの？　何か習い事でもしているのかしら」といわれ、どきりとしました。その時は咄嗟に「体が弱くて体力が続かないんです」と嘘をついて切り抜けましたが、ずいぶん怪しまれていたようです。

アメリカ留学で目覚める

東京の杉野ドレメに入学したその年の夏休み、私はアメリカに留学するチャンスを得ます。きっかけは、父がメンバーのライオンズクラブが募集していた、希望の国を留学先に選べる「エクスチェンジ（交換留学）プログラム」の留学生に選ばれたことでした。

このプログラムは、相手先の国で日本人が3か月ほどホームステイすると、次の年にはホームステイ先の国から留学生を日本に招くという交換プログラムで、これを利用して私と兄はアメリカに留学することになったのです。

実のところ、私が積極的に留学したかったわけではなく、両親がお膳立てしてくれたものでした。そのため、羽田空港から飛行機が飛び立つまでは、内心不安で一杯でした。出発時は兄と一緒ですが、ホームステイ先はそれぞれ異なり、兄はテキサス、私は当時話題を呼んでいた宇宙開発基地のＮＡＳＡがあるヒューストンを選びました。

旅行前に「寂しくなったら電話しなさい」と母にいわれましたが、結局、渡米中は一度も日本に電話をすることはありませんでした。

ホームステイの期間は、現地の夏休み（バカンス）期間にあたっていたので、私は滞在先の一家と一緒によく遊びました。プールに投げ入れたコインを潜って拾う競争をしたり、カード遊びを教えてもらったりと、アメリカの一般的な家庭の暮らしを満喫しました。

食事にもすぐに馴れました。当時、日本の家庭では、ご飯に味噌汁、お新香が日常食でしたが、浅井家はいつも洋食です。ハンバーグにマッシュポテト、ビーンズなどを大皿に盛り、スープなどもボウルで出てきました。それらを家族でシェアして、自分で食べたいものを食べたい分だけ取り分けるバイキング（ビュッフェ）スタイルでした。ですから、ホームステイ先の食事にもまったく抵抗を感じませんでした。

すっかりアメリカでの生活に馴染んだ私は、日本との習慣や考え方の違いを知ろうと、パーティーや結婚式、葬式などのイベント、セレモニーにも積極的に参加することで、多くを学ばせてもらいました。

たとえば日本では、お盆の時期くらいしか訪ねることのないご先祖さまのお墓ですが、アメリカでは庭のような感覚で捉えています。お墓はいつもきれいに清掃され、まるで庭のようです。そこでピクニックをしたり、テントを張ってキャンプをしたりもします。お墓に入っていますが、ご先祖さまは今も私たちと一緒にいて、つながっているという感覚を持っているようでした。

滞在先の家庭はどこも、家族がお互いの人格を認め合い、「今日は何があったの？」と親がいつも子どもに声をかけ、気さくに会話します。多忙な両親とは会話の少なかった我が家と大違いのカジュアルな雰囲気に触れ、カルチャーショックを受けました。

3か所目のホームステイ先は、夫妻が互いに三度目の結婚で、連れ子が3人ずついて、夫妻の間にも1人の子どもがいました。合わせて子どもが7人もいる、子だくさんの家庭でした。一番下の子はまだ4歳ですが、その子も含めて、子どもたち全員に朝から仕事が割り振られます。4歳の子も毎朝、みんなの部屋のゴミを集めることになっています。まだ幼いので、お世辞にもちゃんとできるわけではありませんが、幼い頃から家事を分担するという考え方を教え、身につけさせることに感心させられました。

食事は料理好きのお父さんが担当し、お母さんは掃除や洗濯をします。お皿は子どもたちが食卓に並べ、当番制で食器を洗います。日本では食器すら、子どもに下げさせない家もあるというのに……。幼い頃から仕事をする習慣を、家庭でしっかりと教えるアメリカの教育方法に触れ、日本人は〝使命〟や〝役割〟というものを理解していないことを痛感させられました。

アメリカでの生活は驚きの連続でした。スーパーに買い物に行った時、商品の値段をバーコードで読み取るのを見て、最初は何をしているのかわからず不思議に思いました。今では日本でもあたり前の風景になりましたが、そのほかにも日本にはまだなかったピザやハンバーガー、ホットドッグなどのファストフードも物珍しく見えました。ちなみにファッションは流行り廃《すた》りがとくになく、個人が自分の着たいものを自由に着ているようで、そうした良い意味での個人主義が私には好ましく思えたものです。

それにも増して衝撃を受けたのは、アメリカでは大半の女性が働き、ボランティアを含む何らかの仕事を持って社会参加し、世の役に立とうとしていることでした。当時の日本では、社会の第一線で働く女性はまだ少なく、私に寂しい思いをさせてまでして働く母のことが理解できず、幼心に恨みに思っていました。ですから、母の不在は私にとって日常のことで、帰宅して母親の姿が見えないとトイレまで覗いて探すという友達の話を不思議に感じたほどです。

しかし、アメリカの女性の生き方や考え方を肌で知った私は、仕事に精力的に打ち込む母こそこれからの日本女性のあるべき姿であり、学園建学の精神「女性の自立、女性の社会進出」を自ら実践する先駆者であることに気づかされました。この発想の転換によってそれまでの反撥心は消え、女性として尊敬すべき人生を歩んできた母から、そのすべてを学び取りたいと考えるようになったのです。

とにもかくにも、このアメリカ留学は私の考え方を根本から変えました。それほど、アメリカ人のライフスタイルに大きな影響を受け、多くを学ぶとともに、他国を知ることは自国を知ることでもあると実感させられました。同時に、自分独りで3か月もの海外生活を乗り切ったことは、大きな自信にもなったのです。

アメリカ留学を経験したことで、真の意味で私は自立することができました。この貴重な体験がなければ、今の私はなかったに違いありません。

高田さんとの出逢い

1年目に杉野ドレメの本科を修了した私は、2年目に師範科へ進み、3年目はアパレル（既製服）が主流になってきた時期だったことから、そうした技術を教える産業教育科（通称・職業科）2年へ編入しました。

当時、札幌のドレメには、一点ものの制作技術を教えるオートクチュール科しかなかったため、今後は需要が伸びるであろうアパレルの技術を学び、そのノウハウを札幌に持ち帰りたかったのです。この科では、立体裁断など工業用パターンのサンプルをつくるための技法や、標準寸法の型紙を同じシルエットとデザインのまま、サイズを拡大・縮小するグレーディングの技術を学びました。そして、この職業科に編入したことで、私は高田恭司さんと出逢うことになります。

ドレスメーカー女学院といいながら、杉野ドレメの一部の科はすでに男女共学になっていました（1988年に全科男女共学にし、「ドレスメーカー学院」に改称）。職業科は、外国人も在籍する男女半々のユニークな学科で、私が学生時代に唯一、洋裁を学んで楽しいと思えた学科です。そこで私は、のちに夫となる高田さんと出逢ったのです。

大阪出身の高田さんは、バスケットボールの特待生として4年間、学費免除で大阪商業大学に通ったスポーツマンです。以前のボーイフレンドに慶応大学のバスケットボール部員がいて、その慶応ボーイと高田さんは、リーグ戦で対戦したことのある顔見知りでした。のちに彼の結婚式に高田さんと出席すると、「あれ、君とはどこかで逢ってるよね」と見覚えのある高田さんのことを懐しがっていたものです。

若い頃のショーン・コネリーによく似た彼は、背が1メートル87センチもあってスタイルが良く、お洒落が好き。メンズ・モデルをやっていたこともあります。大阪出身ですが、ほとんどおしゃべりをしない人だったので、最初は関西人とは思っていませんでした。そんな高田さんのことをひと言で言い表すならば、〝世間知らず〟でしょうか。恋愛も奥手の人でした。

高田さんは高校時代、公務員になることを望む両親の勧めで役所のアルバイトを経験しました。しかし、その仕事の平凡さと退屈さに気づき、「役所勤めだけはしたくない」と心に決めたそうです。

そこでファッションに興味があった彼は、大学を卒業すると大きなボールを小さな針に持ち替え、服飾の道を選びました。学校を決める際は文化服装学院にも見学に行きましたが、何か違うと感じ、肌の合う杉野ドレメを選んだそうです。当時、洋裁を習得しようとする男性は、そのほとんどが文化服装学院を選びました。そんな中、彼が杉野ドレメを選んだことは、偶然ではなく必然だったのかもしれません。

手先が器用だった高田さんは、高い縫製技術を持つ職人肌の人でした。その一方で、司馬遼太郎の本などをあっという間に読破してしまう読書家で、一人旅を好むタイプでもありました。書くことも好きで、洋裁の本などを出版していた鎌倉書房の雑誌『ドレスメーキング』で編集長を務め、記事を書いていたこともあるほどです。

高田さんと出逢うまで、私は恋愛と結婚は別のものだと思っていました。恋は何度もしましたが、浅井家の豪邸を見ると誰もが臆して、私の家に入ろうともしません。そうした経験から恋愛相手に多くを期待せず、「恋愛と結婚は別」と自分に言い聞かせてきたのです。

ところが、高田さんは違いました。実家が裕福であることなど気にもせず、「なぜ、そんなに肩肘を張るの?」と意地を張る私をそっと抱きかかえ、支えてくれました。そして、さまざまな悩み事を真摯に聞いてくれる、私にとってまさに〝救いの神〟だったのです。

付き合い始めた当初は交換日記を1年間も書き続けたほど、私は彼に夢中でした。

第五章

結婚、再び札幌へ

母と訪ねた大阪の地

杉野ドレメに入って3年目を迎えた1972年（昭和47）4月、職業科に編入した私は高田恭司さんと出逢い、ひと月後の5月の連休には早くも高田さんの故郷・大阪の実家へうかがうことになりました。そして、そのことを母に伝えると、「私もご挨拶に行きます」と言い出したのです。

それまで、ボーイフレンドは何人もいましたが、正式に母に紹介した人はあまりおらず、母は私が「高田さんと結婚するのでは？」と予感していたのだと思います。多忙な日々を送る母でしたが、東京出張の予定をわざわざやり繰りして、私の大阪行きに同行することになりました。

初めて訪れた高田さんの実家は、左官業を営んでいて、8人ほどの住み込みの職人さんを抱えていました。職人気質の高田さんのお父さんは、お祭りで神輿を担ぐのが大好きで、NHKの番組で太鼓を叩いた経験を持つ、伝統芸能を愛する陽気な大阪っ子でした。

母と初めて訪れた時、持参した菓子折を「粗品ですが……」といって渡すと、「粗品なんて持って来たらアカン、最高級のもの持ってこんと」と関西流のユーモアで返され、母ともどもぎょっとさせられたものです。関東風のユーモアとは違い、毒っ気のある関西風のジョークは、私にとってなかなか理解しづらいものでした。

土地柄が違えば当然、文化や生き方、考え方にも違いがあります。北海道と東京しか知らない当時の私にとって、初めて出逢った関西の風土や気風は受け入れ難いものでした。その後、仕事相手や飲食店のオーナーなど、人懐っこい性格の関西出身の方々と出逢う機会が増え、今では関西や大阪に対する偏見はすっかりなくなりました。

とはいえ、よそ者の気分になってしまうせいか、大阪弁で熱っぽく語り合う人の間には今もうまく入っていけません。〝井の中の蛙《かわず》、大海を知らず〟といわれても仕方ありませんが、歳を重ねるごとに、静かでゆったりとした北海道の風土に心の安らぎを感じるようになっています。

それはさておき、ご両親にご挨拶をしたあと台所をのぞかせてもらうと、そこには1升炊きの釜が2つ並び、冷蔵庫も業務用の大きなものが2台も置かれています。これらは高田さんのお母さんが、職人さんたちに毎日食べさせる食事をつくるためのものでした。

お母さんは毎朝3時半に起きてご飯を炊き、朝食の支度をしながら現場に持っていく昼食用の、見たこともないほど大きな2段重ねのブリキの弁当箱を用意します。さらに、近くの寮で暮らす職人さんのために朝食や夕食もつくる〝寮母さん〟でもあったのです。もちろん家族の食事もつくっていて、まさに〝肝っ玉母さん〟というのが第一印象でした。

結婚後も、年に一度は大阪へ里帰りしましたが、正月に帰省すると料理はすべて手づくりのおせちで、お雑煮には丸餅が入り、汁は赤だしです。黒豆も甘味のないしょっぱい味つけで、洋食が基本の浅井家とはあまりに違う食文化に苦労しました。それでも、そうした味で育った高田さんのために、肉じゃがやお煮しめ、カボチャやひじきの煮物など和食の勉強を一生懸命しました。土井勝さんの和食の本を片手に台所に立ち、レシピに迷うと大阪に電話して、「お母さん、どうやるの?」とよく教えてもらったものです。

無口な高田さんは、実家のことも私にはほとんど話してくれません。お父さんの妹さんたちが地元でお好み焼きとたこ焼きの店を営んでいることなど、あとから知ることも多く、ご両親の前ではいつも冷や汗をかいていました。

幼少の頃から高田さんは、広大な北海道の大地に強いあこがれを持っていました。41歳で離婚したのちも、初めて出逢った頃と同じ気持ちのまま、「僕は北海道に骨を埋《うず》めるんだ」といって北海道に住み続けています。大阪のご両親はすでに他界されましたが、2人兄妹の妹さんは今も大阪の泉佐野でご健在です。

結婚後は生活に追われ、高田家に不義理をしてばかりでした。もし北海道の女性と一緒にならなかったら——そう思うと、高田家の方々にはお詫びの言葉もありません。

私の青春時代

こうして高田恭司さんとの関係は、どんどん深まっていきました。でも、同じ学科の人たちにつきあっていることを知られたくなくて、学校での最初の1年間は友達として接し、交換日記で気持ちを伝え合いました。うまく隠しているつもりの2人でしたが、周囲は気づいていたようです。

当時、埼玉県の越谷市蒲生で一人暮らしをしていた高田さんは、毎日片道1時間以上かけて、目黒にある杉野ドレメに通っていました。

一度だけ、電車で蒲生のアパートへ行ったことがあります。電車が郊外の田園地帯を走っていると、突然、開け放たれた列車の窓からバッタの大群が飛び込んできました。私はパニックになり、「キャーッ!」と叫んで高田さんに抱きつきました。バッタはすぐに反対側の窓から外へ出て行きましたが、数匹は私の服についたままだったので、あわてて払いのけました。ところが、高田さんも含め乗客はみな平然としていて、どうやら毎度のことのようなのです。でも、私にとっては薄気味の悪い初体験でした。

高田さんのアパートは男やもめの狭く汚い部屋で、敷きっぱなしの万年床には触る気もしません。結局、泊まらずに帰り、それきり二度と行くことはありませんでした。その後、高田さんは学校に近い高田馬場に1DKの部屋を新たに借りました。


杉野ドレメの3年目に職業課、4年目にはデザイナー科で、デザイン・スタイル画の技術を学びました。一緒に暮らしていたアコちゃんが、2年目の師範科が終わる頃にふと、「私も本当はデザイナー科に行きたい。でも、お金がないから無理ね」と悲しげにつぶやくのを耳にしました。

私は彼女の実力を認めていたので、札幌の父に頼んで授業料を肩代わりしてもらい、デザイナー科へ進んだアコちゃんとともに学びました。卒業後、アコちゃんは浅井学園で教鞭をとり、父に借りた授業料を全額返しました。

また職業科時代、高田さんの弟のような存在としていつも一緒に遊んでいたのが、釧路出身の荒井三明さんです。初めて逢った時、私が「あなたは将来、どんな風になりたいの？」ときくと、「おれは偉い人になりたい、社長になるんだ！」と言い切ったことは、今でも忘れられません。

荒井さんはカレーライスが大好きなので、彼が来るたびにカレーをつくってあげると、高田さんから「たまには違うものを出してやれよ」といわれ、えっと思いました。喜んでくれるのがうれしくてのことなのですが、同じものばかりつくってしまう癖は今もあまり変わりません。

のちに荒井さんは、杉野ドレメを中退して金井茂平さんのアトリエ（縫製工房）に入ります。そして裏地ばかり7年間も縫い続け、ようやく縫製を担当できるようになり、そこから腕を磨いた努力の人です。その後、札幌に戻ってオーダーメイド服のデザインや縫製を手掛けるアトリエ「スージーパーカー」を立ち上げ、札幌ナンバーワンの縫製工場に成長させたのですから、これこそ有言実行の人です。

札幌では初夏の風物詩となった「ＹＯＳＡＫＯＩソーラン祭り」の衣装制作も担当しており、今では1年で全国１００チーム以上に衣装を提供するようになっています。また荒井さんは、佳世子さんという素敵な伴侶にも恵まれ、二人三脚で仕事に取り組むおしどり夫婦です。ちなみに、ドレメ出身の彼女は私の教え子で、学生の頃から頑張り屋の努力家でした。そんな2人の見事なチームワークでアトリエを札幌随一の縫製工場に育て上げ、夫婦仲良く仕事を続けています。

私にとって、まさに青春時代ともいえる楽しい日々でした。

ちなみに、当時の高田さんに「あなたは何になりたいの？」ときくと、「おれは3歳から仙人になりたいと思っていた」と答えました。その時は、ずいぶん年寄り臭いことをいう人だと思いましたが、現在の彼は、まさに仙人のような風貌になっています。これも、ある種の有言実行といえばよいのでしょうか。

一緒に暮らしていた頃も、「この人は何を考えているのかしら？」と思うことが時折ありました。41歳で離婚するまでの17年と10日間、そして現在に至るまで「今も自分探しの旅を続けている人」というのが、高田さんの変わらないイメージです。

三度着たウエディングドレス

杉野ドレメ4年目のデザイナー科在籍中、私は高田恭司さんと学生結婚することになります。挙式は24歳の誕生日の日でした。「北海道に帰らなくては」との思いにかられていた私が、伴侶と一緒に故郷へ戻りたいと強く望んでいたことも、背中を押された理由の一つです。

結婚資金は自分たちで用意したいと考えた私たちは、洋服のオーダーメイドを受注して稼ぐことにしました。私が営業担当として仕事の契約を取り、素材を預かってデザインも手掛けます。仮縫いの際も私がお客様の所へうかがい、サイズが少し大きすぎると、「あら、お痩せになりましたか？」などと口八丁で切り抜けていました。

お客様から仕事を受注すると、まずデザインを決め、そのほかにボタンや糸の色、付属のアクセサリーなどを吟味してサンプルをつくります。そして、仮縫いを最低でも2、3回行ってから本番の縫製に入り、仕上がり後も針が残っていないかなどしっかり検品した上で、ようやく納品となります。

デザインと製図は私が担当し、縫製についてはスーツやコートなどハードな生地を高田さんに、ソフトな素材のものは宮原昭子ことアコちゃんに担当してもらいました。

スーツの仕上がりはアイロンの掛け方で決まるのですが、高田さんはアイロン掛けがとても上手でした。一方、アコちゃんは手先がとても器用で、ソフトなシルクやレース素材を綺麗に縫える腕を持っています。各自が得意とする技術が重なってしまうと仕事がスムーズに行かないケースもあるのですが、私たちのチームはバランスが取れていました。

そんなわけで、この3人でチームを組んで営業すれば、まさに鬼に金棒。たいていの仕事はこのチームでこなせたので、結婚資金を順調に貯めることができました。良きパートナーの3人でしたが、手間賃を均等に分配していたところ、実際の縫製にタッチしない私が同じ額をとることに、アコちゃんが不満を漏らすようなりました。

そこで私は、「じゃあ、あなたがお客さんのところに行ってきて」と客への対応を任せました。アコちゃんには2回やってもらいましたが、代金をもらう段になって相手に値切られ、ただ働き同然になるなどうまく行かず、営業の大変さに気づいてくれたようです。結局、「ごめん、私にはできないわ」とさじを投げ、二度と不平を口にしませんでした。

お客様によっては、相手が若い女性だと甘くみて、値引きさせようとクレームをつける人や、無理難題をふっかけてタダにさせようとする人もいます。それをうまくかわすため

杉野ドレメの卒業式で総代として挨拶をする著者（1974年）。下は20歳頃に母と

には駆け引きが必要ですし、よその家の敷居をまたいで完成した品物をもっていくだけでも、熱意と度胸が必要です。私が陰でどれほど苦労していたか、アコちゃんも理解してくれたのでしょう。

でも、2人が素晴らしい縫製の技術を発揮してくれたからこそ、技術で劣る私も頑張れたわけですから、「まさに最強のチームだった」と今でも確信しています。

1974年（昭和49）2月24日、私の24歳の誕生日に（この日は仏滅でした）、私は高田さんと結婚式を挙げました。

札幌では、パークホテルで結婚披露パーティーを開き、大阪から高田さんのご両親にも来ていただきました。披露宴には札幌の名士やドレメの関係者450名をお招きしましたが、その中に高田家からはお2人、私の友人も30名ほどしかいませんでした。

そして正式な結婚式は、東京・四谷にあるカトリックの「聖イグナチオ教会」で挙げました。仲人は、母の親友で日本シャンソン界の草分けとしても有名なシャンソン歌手の石井好子おばちゃまにお願いしました。

続く披露宴は東京京王プラザホテルで開き、杉野学園の創設者である杉野芳子先生を始め、150人もの方々に出席していただきました。この時は、ホテルの社長夫人がドレメの卒業生だったこともあり、厚遇してもらうことができました。

さらに高田さんの実家がある大阪でも、結婚報告の披露宴を高田さんのご両親や高田家の親戚にあたる、当時の衆議院議員でのちに大臣を歴任される〝塩爺《しおじい》〟こと故塩川正十郎先生など50人ほどの身内だけで開き、結果的にウエディングドレスを三度着ることになったのです。東京の式や披露宴の費用は、私たち夫婦がアルバイトをして貯めた資金で賄い、引き出物の費用だけは両親に頼りました。

振り返ってみると、札幌での立ち振る舞い（披露宴）、東京での結婚式、そして大阪での結婚報告会と、ずいぶん派手なことをしたものです。

九死に一生を得て

1974年（昭和49）春、杉野ドレメを卒業した私と高田さんは、2人で札幌に戻りました。ここから1年をかけて、新しい学科の立ち上げや、休止中だった夜間科の再開に向けた準備を進めることになります。また、寮の舎監のなり手がいないというので、私たちが夫婦で務めることにしました。

実は札幌に帰ってすぐ妊娠したのですが、仕事に追われ働きづめだったこともあり、2回も続けて流産してしまいます。落ち込んでいる私を見かねて、母はその夏、「お金を出してあげるから、2人でアメリカ旅行に行ってみない？」と提案してくれました。少し貯金があったので、1人分は自分たちで出し、高田さんの分だけ母に支援してもらう形で、1か月ほどかけてアメリカを1周する旅を計画しました。

札幌を出発し、海外便に乗りかえるため、まず千歳から大阪へ行きました。大阪の実家に泊まったのですが、月のものが来ていないことに気づいて近くの産婦人科で診察を受けたところ、妊娠していることがわかりました。その時は「またか」と高をくくり、旅費も無駄にしたくなかったので、そのまま当時の大阪国際空港（現関西国際空港）からアメリカへ飛び立ったのです。心配を掛けたくなくて、高田さんには飛行機の中で妊娠していることを告げました。しばらくすると旅の間につわりが出るようになり、しばしば気分が悪くなったことから、高田さんにはずいぶん心配をかけました。

私たちの旅行中、母も仕事のため秘書の北本さんと渡米していました。そこで連絡を取りあい、ワシントンの空港で落ち合うことができたのです。1時間ほど話をしたあと、別れ際に母は、私が貸していたGEM《ジェム》の英語辞書を返してくれた上、梅干しと旅行資金をプレゼントしてくれました。この時は心強く感じたものです。

その後、ワシントンからニューヨークへ向かう飛行機の中で、私は急に腹痛を感じました。それも尋常の痛さではなく、あまりの激痛に一瞬気を失ったほどです。この時、私は卵管に受精卵が着床する子宮外妊娠をしていて、赤ちゃんが成長したことで卵管が圧迫され、左の卵巣が破裂してしまったのです。大量出血したため、ニューヨークの空港に到着するや否やリフトで降ろされ、すぐに市内のNY《ニューヨーク》ルーズベルト病院へ搬送されました。

病院に運ばれる途中、私は「アイ・ハブ・ア・ベイビー、ペイン、ペイン」とうわごとのように繰り返していたそうです。担当してくれたのは日系のドクター堀口で、数値が測定できないほど血圧が低いため、大量の輸血を行いながら手術室に運び込まれました。

そしてベッドに寝かされるや否や、薄れる意識の中、着ている服がハサミで切り裂かれる音が聞こえてきました。執刀開始を前に、「ここじゃない、日本で手術を受けたい！」との思いにかられながら、私はいつしか意識を失いました。

目が覚めると、私はベッドに寝ていました。高田さんが枕元にポツンと座り、泣いていました。あとにも先にも、彼の涙を見たのはその時だけです。私が「赤ちゃんは？」ときくと、「ダメだった……、でもまたチャレンジすればいいよ。僕は洋子さえ戻って来てくれさえすればいいんだ」といってくれました。

入院中、治療を受ける際に役立ったのが、母に返してもらったGEMの辞書です。これがなかったら、医師とコミュニケーションをとることも難しかったに違いありません。また、母から分けてもらった梅干しは、病院食に巨大なステーキが出てくるようなアメリカの病院で、食欲がないとき口にしてずいぶん元気をもらったものです。この時は、海外経験が豊富な母の気遣いに心から感謝しました。そしてアメリカの医療をこの身で体験したことで、その医学や医療技術のレベルの高さを再認識させられました。

アメリカは病院の治療費や入院費が高額なため、命に関わる状態は脱していたことから2晩だけ入院し、退院後はニューヨークのホテルに1泊しました。そして、車イスで空港に向かった私は、母が各方面に手をまわしてくれたおかげでリフトで飛行機に搭乗し、帰国する機内で横になったまま過ごすことができました。さらに、日本へ戻り千歳空港に着くと、今度はパイロットが出入りするコクピット側のドアから降ろされ、ＪＡＬのスタッフに敬礼で出迎えられる中、エプロンに待機していた救急車で札幌医科大学附属病院へ搬送されたのです。

流産は3回目だったことに加え、左の卵巣を失ってしまったことで私は、「もう子どもはできないかもしれない」と大きなショックを受けました。加えて、アメリカで行われた大量の輸血によって血清肝炎（B型ウイルス肝炎）やエイズに感染する恐れもあり、帰国後は3年間にわたって血液検査を受けることになります。

妊娠がわかっていながら、軽率に海外旅行へ出かけてしまった自分を責め、悔やみながら、私は子どもを身ごもり出産に漕ぎつけるまでの大変さを思い知らされました。と同時に、子宮外妊娠という命を失っても不思議ではない危機的な状況から、私を救ってくださった神様のご加護に感謝し、「自分はこの世に必要とされ、生かされたのだろうか」とも考えさせられました。

この時の出来事をきっかけに、私は神の存在をより強く信じられるようになったと思います。

第六章

教育者として、母として

夫婦のありかた

母に結婚を報告した時のことを書きたいのですが、その前に私の両親の性格の違いがよくわかるエピソードを紹介させてください。

父と母が結婚して間もないある雨の日、2人は一緒に出掛けました。父は「俺は雨が嫌いだ」と不機嫌そうにいうので、母は「私は相合い傘ができるから好きよ」と答えたといいます。その次の日は風が強く、父は「風があると髪が乱れて嫌だ」と声を荒らげて文句をいいました。すると母は、「昨日のように雨が降っていたら、もっと大変だったわね」と返事をしたそうです。

その翌日、さらに天候が悪化して嵐になったので、やはり父はブツブツ文句をいっていました。母が「雷が鳴るほどの酷さでもないわよ」というと、父は「おまえは俺の女房だろ。いちいち俺の意見と違うことをいうな」と怒り出したそうです。

「悪いことばかりじゃなくて、いいこともあるわよ」と夫を気づかう母の言葉が、逆に父

父と母の仲睦まじい姿（昭和 30 年代前半）。下は結婚式での両親（1948 年）

の機嫌を損ねてしまったのです。そのとき母は、「この人は単純で、物事を悪い方にしか捉えられない人なんだ」と気づいたそうです。

ですから、父と母は喧嘩をしたことがありません。恐らく母は、「この人が文句をいったら、うんうんと頷いてあげればいい。それで喜ぶのだから」と考えるようになったのでしょう。他者をそのまま受け入れることは難しいものですが、母はお互いの意見をぶつけてもわかりあえないことに気づいていたのだと思います。

そして、いったん相手の考えを受け入れながら、最後は自分の意志を貫き通す母の方が、一枚も二枚も上手でした。そんな母から、私は学校では学べない生き方や考え方、暮らし方など多くを学びました。ですから私にとって、すべての考え方の原点は〝母〟にあるのです。

母に結婚を報告した時にきかれたのは、「高田恭司さんって優しい人なの？」というひと言だけでした。自分の娘が父のようなタイプの夫を選んだなら、仕事は発展するかもしれないが私生活では苦労することになるのでは、と心配してくれたのでしょう。

私は優しい夫と巡り合うことができましたが、事業には向かない人でした。でも、そのおかげで経営というものを自ら学ぶようになりました。夫がもし経営者タイプの人だったなら、私はその言葉に従うだけのイエスマンになっていたかもしれません。

いろいろな意味で、私は高田さんと結婚して良かったと思っています。遠回りはしましたが、結婚経験のすべてが自分の血肉となりました。幸せの中で身につくものはあまりありませんが、苦しかったり、困ったりしている時こそ、事態を打開するための知恵が生まれます。私にとっては、すべてが通らなければならない道だったのです。

神様は私にたくさんの試練を与えてくれました。そのおかげでいつしか強靭な精神力が身につき、人間の幅も少しだけ広がったように思います。


母から私が学んだことは前向きな生き方や考え方ですが、実社会での対応力や戦い方などは戦略家だった父から学びました。言い換えれば、ソフトの面を母から、ハードの面を父から、それぞれ学ぶことができたと思っています。母のソフト（理念）を、父がつくったハード（学園）に埋め込んだ組織、それが浅井学園なのです。

父がハードをつくるきっかけは、母のちょっとした言葉がヒントになっていました。父はアイディアを閃くタイプではないのですが、「専門学校だけでなく、短大や大学がないと国家資格が取れないのよね」などと母の漏らした言葉が、事業の構想につながったのでしょう。

それが実現すると、次に「衣・食・住というからには、生活に欠かせない食文化も必要じゃないかしら」という母のひと言から、調理師学校の設立を思いつく――。こんな風にして、学園が発展していったのだと思います。

このように浅井学園は、母が語る理念や理想を、父が具現化することで成長したわけです。その意味で2人はまさしく名コンビであり、真のパートナーでした。とはいえ、そんな父と母の夫婦関係を見ていて、「私生活はどうなのかしら?」「愛って何なのかしら?」と時折、自問自答する私がいたことも確かなのですが。

ドレメの改革に着手

1975年（昭和50）4月1日付の辞令で、25歳の私と高田さんは正式に浅井学園の教職員となり、この春から10年以上休止していた夜間科（18～21時）を再開します。

私が札幌に帰ることになった時、母は「ドレメの待遇は割といいわよ」などといっていました。しかし、2000人以上が在籍した最盛期に比べて、この頃になると学生の数もずいぶん減り、その上「夜間科で教えるのは嫌です」などと平気で口にする者がいるなど教職員がサラリーマン化して、舎監のなり手もいない状態でした。

そうした学園内の風潮に一石を投じようと、私は率先して第1寮の舎監を引き受けました。さらに、夜間科の指導も担当するなど、教職員の意識を変えようと夢中になって改革に取り組みました。

当時は学校の前に第1、第2寮があり、それぞれ約50人の学生が寄宿していました。その寮にある2間で、私と高田さんの新婚生活が始まりました。舎監として寄宿する学生たちの監督や生活指導をしながら、日中は新たに立ち上げたプロフェッション科で教え、夜も再開した夜間科で学生の指導にあたる多忙な日々がスタートしたのです。

私と高田さんが立ち上げた2年制のプロフェッション科は、道内初となるアパレルの技術を教える科となりました。最初の年は12名でスタートし、翌年が15名、3期生は20名と次第に学生数が増え、のちに定員一杯の40名が学ぶまでに成長しました。

オートクチュール科ではひと月に1点ほどしか制作しませんが、プロフェッション科の場合はアパレルの技術で2、3点を制作するほか、企業から大量生産品の受注を取るなどして数をこなします。こうした実践的な面が時代のニーズにマッチしたのです。

プロフェッション科の科長に高田さんを据えてクラスを受け持ってもらい、私がその補佐をしました。理論の授業は私、実践的な技術の授業は高田さんの担当です。翌年は高田さんが2年生を持ち上がりで担当し、私が新1年生を教えました。

そして2年目が終わった時点で、優秀な学生2名を助手として採用し、授業を補佐してもらいました。その2名が、須藤由美子先生と今は亡き笈川笑子《おいかわえみこ》先生です。

高田さんは自分の手を動かしたい人で、アトリエをやりたかった技術者タイプです。そのせいか、学生に教えるのはあまり得意ではありません。そこで、学生たちが自分で縫製のトレーニングをできる仕組みとして、ミニ縫製工場をドレメ内に併設しました。

さらに、技術力のある学生が同じクラスの仲間に教え、助け合うことを奨励したほか、

1955 年に新築されたドレメの東校舎

上級生が1年生を指導する「教生実習」という時間を設けるなど、学生たちの自主性を重んじる教育方法がドレメの特徴となっていきます。こうした交流によって、上級生は自分の技術に自信が持てるようになり、下級生と親しくなる場にもなりました。

学生たちは専門士の資格を2年で取得できますが、さらに1年間、3年生としてデザイン専攻科で学べることから、大半の学生が3年をかけて卒業します。そのためドレメでは3人兄弟や3人姉妹といった上下のつながりが学内に生まれます。中でも夏季や卒業時に開催するファッションショーでは、上級生が下級生の面倒をみることで学年を超えた素晴らしい関係性が築かれるとともに、最高学年の3年生は目上の者にふさわしい行動と指導力を発揮することで、下級生にとってあこがれの存在となるのです。

すでに一人っ子が増える時代に入っていたので、上級生が下級生の面倒をみることで、3つの学年が兄弟・姉妹のような関係を築けるこの仕組みには、メリットしかありません。お互いが刺激し合いながら成長できることから、その後はドレメ自慢の教育方法として定着していきます。

教育者として

高校を卒業したばかりのドレメの学生たちは18歳、そして当時の私は25歳と、年齢は6、7歳しか違いません。でも当時の教え子に逢うと、口を揃えて「えっ、たった6歳しか離れていなかったの？　信じられない！　それにしても洋子先生はおっかなかったよね」といわれます。私自身は、学生たちの母や姉のような存在でありたいと願っていたのですが、威厳があったせいなのか、それともガミガミうるさいせいだったのかはわかりませんが。

たとえば、「おはようございます」「お先に失礼します」「遅くなってすいません」といった基本的な挨拶ができない学生は必ず注意し、あたり前のことをあたり前にできるよう指導しました。それは教育者である以前に、子どもの親として果たすべき責任であると私は考えていました。そして、それこそが浅井学園の教えそのものだったのです。

家で叱られたことのない学生は、私に教室で叱られてびっくりします。でも、会社に入って間違ったことをしたら注意されるのは当然のことです。叱られたと思うか、指導されたと思うかの違いであり、叱られたことに対して「いってくれてありがとう」と思えるように育てることで、社会に出て活躍できる人間になってもらいたかったのです。

会社に入っても、叱られてすぐにやめてしまう若い人が少なくありません。でも社会人一年生は、注意され、叱られてなんぼです。そうやって社会人としてのマナーや常識、仕事のやり方を教えてもらっているわけで、要は受け取り方や考え方の問題といえます。企業は人なりです。仕事ができる、できない以前に、まずは人間性が問われるのです。

授業中こそ厳しく接しましたが、放課後は一緒に映画を観に行ったり、食事をしたりしました。教え子たちがみな自分の子どものように感じられ、お菓子をもらうと分けあいましたし、当時は職員室に居づらかったこともあり、研究室や教室、時には私たちの部屋でお昼のお弁当を一緒に食べたものです。

また当時は、ドレメ全体の7割を地方出身者が占め、そうした学生が寄宿するための寮を多い時に6棟ほど運営していました。かつては舎監を務める教職員と学生が家族のような関係だったことから、「院長宅寄宿舎」と呼ばれた時代もあります。私の両親も「パパ先生、ママ先生」と親しまれ、学校全体に〝浅井ファミリー〟の一体感がありました。

現在は7割ほどの学生が札幌圏から通っているので、昔とはすっかり逆転しています。私が舎監を務めていた頃は、授業が終わると男子学生が「腹減った、洋子先生」といいながら帰ってきます。そこで、いつもご飯を1升ほど炊き、味噌汁のほか納豆や卵、のりといった簡単なおかずを用意して、「いくらでも食べていいよ」とふるまったものです。

女子学生が多数を占めるドレメの中で、居心地が悪そうな少数派の男子学生のために、私はあえて彼らを特別扱いしました。女子からは「贔屓《ひいき》している」と非難されたこともありますが、実家を離れ一人暮らしをする彼らの「母親代わりになってあげたい」という思いが強く、その寂しさをまぎらわそうと〝男子学生の会〟をつくったりもしました。

その一方で、男子学生はベビーシッター役を買って出て、息子たちとよく遊んでくれ、3人の息子を育てる私たち夫婦を助けてくれました。また、食事のあとは自分で食器を洗い、連絡帳に「ごちそうさまでした。○月○日○時」などと書き残す学生も多く、礼儀正しい一面もあります。それだけに、私が男子学生を優遇していると受け取る一部の女子学生が、なぜ相手の立場を思いやれないのかと悲しい気持ちになったものです。

日本人は「差別」と「区別」の違いをあまりわかっていません。みなさんはよく「平等」といいますが、逆に「平等って何?」ときいてみたくなります。「差別」とは、偏見や先入観から、性別や人種などを理由に特定の人々を不当に扱うことです。一方の「区別」は、互いの個性や特性の違いを認め、両者を明確に分けることです。

そうなると、男と女は異なる生き物なので、「区別」することが必要となります。でも、男と女の「差別」は不要です。これからも、そうした差別に対しては厳しい目が注がれていくことを望んでいます。

初めての出産

札幌に戻って4年目の1977年（昭和52）、三度の流産を経て、私は再び身ごもりました。今度こその思いは強く、仕事に追われながらも斗南病院の産婦人科に通院し、その後は順調に経過しました。安定期に入るまでは無理をしないよう心掛け、3か月目に入ってから大事を取って仮入院までしています。そして退院後は、出産の直前まで仕事を続けました。当時、HBC北海道放送の人気ワイド番組「パック2」のゲストによく呼ばれていて、出産前日も出演し、マタニティドレスについて語っていたほどです。

つわりのひどい時期には、なぜか納豆しか食べられなくなりました。ご飯の匂いもだめだったので、冷ましたご飯に納豆をのせて食べていました。ですから長男がお腹の中にいた時は、納豆で育てたといえるかもしれません。また、マタニティドレスはすべて自分で手づくりしました。いかにもマタニティという、だぶついたシルエットにはしたくなかったので、デザインも自分なりに工夫しました。

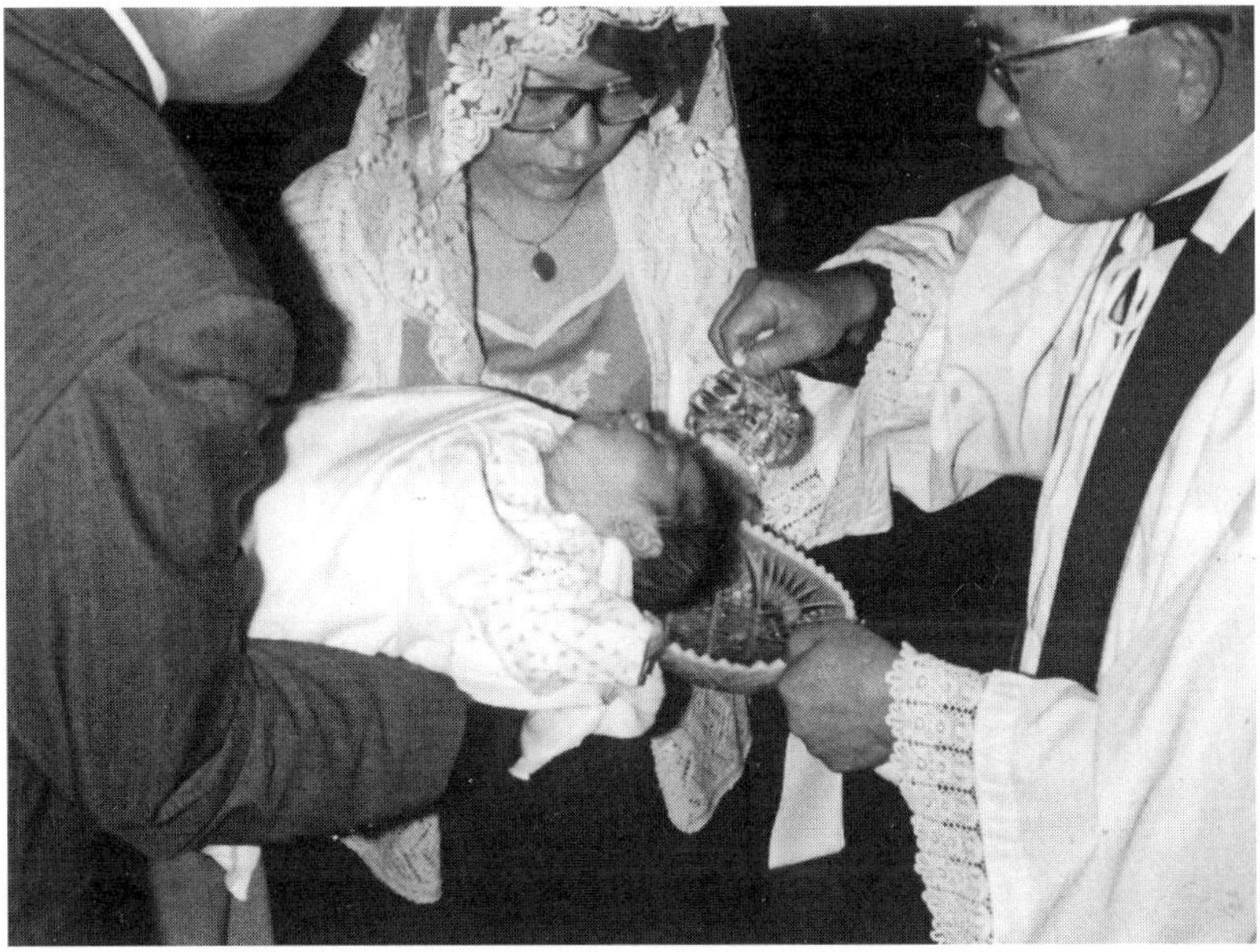

生後20日目で幼児洗礼を受ける長男の学（1977年8月3日、カトリック円山教会）。
下は学にミルクをあげる著者（1977年）

そののちも奇跡的に次男と三男を授かりますが、このマタニティドレスは三男の出産時まで大切に使いました。さらに、ドレメのスタッフが出産する際にも貸し出しています。ちなみに私のウェディングドレスも、マタニティ同様に3人の新婦が袖を通しています。いつか私の孫にも着てもらえるでしょうか……。

そして7月4日、長男の学《まなぶ》を出産しました。初産でしたが、3240グラムとそれほど大きくなかったこともあり、無事生むことができました。名前はかなり以前から「学」にしようと自分で決めていました。「人生、学ぶことばかり」という私の信条を、そのまま名前にしたものです。

歴史好きだった夫の高田さんは、「○左衛門」といった江戸時代のような名前ばかり候補に挙げるので、「ちゃんと真面目に考えて！」と怒ったこともあります。名づけに関しては意見のぶつかることもありましたが、最後は私に任せてくれました。それは名前だけにとどまらず、思想や信条、宗教など子どもへの教育について、すべてを私に任せてくれたのです。さらに彼は、「子育ては僕がやるから、食事や洗濯など身の回りのことは洋子に任せる」といって、役割分担をしっかり考えてくれる良きパートナーでした。

無事、出産した喜びに浸る間もなく、私は子育ての現実に直面しました。というのも、仕事の忙しさにかまけて、子どもの育て方を学ぶ「母親教室」に一度も足を運ばなかったこともあり、私は子育てのいろはをまったくわかっていませんでした。

出産して8時間後、病室に学が連れてこられました。授乳の時間です。でも、私は抱き方がわかりません。看護婦さんに教えてもらい、ぎごちなく抱きかかえましたが、泣き出すとあやし方もわからず、「おまえは本当に母親になれるの?」と自分を責めました。

翌日からは夜になると横に学が寝るようになるのですが、夜泣きをしてまったく寝られません。すっかり育児に自信をなくした私は、ノイローゼ気味になってしまいました。今でいう産後うつ病の状態だったのかもしれません。

2、3日たったある夜、私はスリッパ履きのまま、パジャマの上にコートだけ羽織って斗南病院(当時は中央区北1条西6丁目)を抜け出しました。しばらくしてからベッドに残された学が見つかり、母親がいなくなったと病院は大騒ぎになったそうです。

独りとぼとぼ歩いて、私は南4条西16丁目にあったドレメの寮の自室に帰りました。窓を叩くと、出てきた夫の高田さんが驚いた顔で「洋子、どうしたんだ?」といいました。私は、「子どもなんかいらない。私には育てられないの! もう、だめ……」とその場で泣き崩れました。

こうした時期を経て、いったん落ち着いた私は、「これから勉強して、学を立派に育てる」と決意しました。そして育児書を買い込んで猛勉強するとともに、子育ての相談に24時間対応する有料の「赤ちゃん110番」も契約するなど、あらゆる手を尽くしました。

ある時、学の体重が急に増えて不安になり、110番に電話しました。すると「体重が増えて心配という相談は初めてです」と驚かれ、「赤ちゃんの体重がぐんぐん増えるのはあたり前のことです。背が伸び、太りながら成長していくのですから、心配することはありませんよ」と教えられました。それほど子育てのことには無知でした。

自分流の子育てとしては、とにかく手づくりにこだわりました。おむつはすべて布おむつです。当時、すでに紙おむつはありましたが、まだまだ高価でした。でも、私は値段のことより、紙おむつのギャザーを子どもの太ももにあてたくなくて一度も使いませんでした。大阪のお母さんもサラシでつくったおむつを送ってくれて、とても助かりました。

仕事をしながらの子育てだったので、効率にはこだわりました。赤ちゃんがウンチをするとまずトイレにパッと流し、おむつを軽く洗ってから漂白剤を入れた蓋つきの業務用大型バケツを2個使って漬けます。そして1週間に一度、まとめて洗濯をしていました。

100枚ほどの布おむつを3回に分けて一気に洗濯機で洗い、20枚掛けられる物干し竿を5本使って干すので、2部屋しかない我が家はおむつに占拠されます。週末の土・日曜はいつも、〝おむつパーティー〟を開いているかのようでした。キャンプに行った時でさえ、布おむつを川で洗いテントの横に干すほど徹底しました。

思い返せば、私は自分の子どもたちに母親のぬくもりを与えたかったのです。私自身がお手伝いさんに育てられたこともあり、ことさら手づくりにこだわったのかもしれません。その後、長男を含む3人の男の子に恵まれましたが、息子たちが大きくなるまで料理はすべて手づくりオンリーでした。そのせいで、子どもの頃は3人とも滅多に食べられないファストフードに憧れていたと、あとから聞かされました。

このように育児にこだわった自分のことを振り返ってみると、亡くなった母は私をどうやって産み、どのように育てたのか、不思議に思えてなりません。

こうして夫婦で、朝から晩まで教員と寮の舎監をやりながら子育てをしました。ハードな毎日でしたが、とても楽しい日々でもありました。いま振り返ると充実していて、あの頃が一番幸せだったように思います。それも長男の学が保育園に入るまでのことで、小学校に入るとすっかり親離れしてしまい、こちらを振り向いてくれなくなりましたが……。

でも、高田さんとの結婚生活は、子ども好きの彼がいろいろな面で我慢をしてくれていたからこそ成り立っていました。彼がいなければ私は結婚もせず、子どもも持たず、たとえ子どもができたとしてもうまく育てられなかったと思います。そのことは、今も高田さんに深く感謝しています。

四面楚歌だったドレメの改革

子育てのさ中、ドレメの改革に取り組む私の立場は、当初から厳しいものでした。母の側近である故宮岡美恵子副院長を除き、ほとんどの教職員が、夫を連れて東京から帰ってきた私を白い目で見ていました。私が東京でさまざまな服飾コンクールの賞をとっていたことも、技術に自信のある教職員たちには面白くなかったようです。

女性ばかりの教職員の中で針のムシロだった私は、朝礼と夕礼の時だけ職員室に顔を出し、ほとんどの時間を自分たちの研究室で過ごしました。お昼も学生たちと一緒に食べる生活が2年ほど続きましたが、3年目に卒業生から助手を2名採用したことで、ようやく職員室にいる時間が増えるようになっていきます。

昼のプロフェッション科に加え、夜間部の授業と寮の舎監をこなしながら、私は外部から大量の仕事を受注するべく営業に奔走しました。大量生産の授業は1クラス40名ほどですが、500枚ほどのエプロンづくりや姉妹園である大麻・第2大麻幼稚園の園児服づくりなどを積極的に受注して、実践的なアパレルの授業を行うように努めました。

東京ですでに一般化していた実践的なアパレルの授業を初めて導入するなど、新しいことを次々と取り入れる私に、旧来のやり方を守ろうとする教職員はついていけなかったのでしょう。でも私は、「いま変革しなければ、学園の未来はない」と思い定め、どんなに非難されても構わないと覚悟を決めて、ひたすらに自分の信じる道を突き進みました。

そうした状況を、母はあえて見て見ぬふりをし、教職員にも私にも「両方とも、よくやるわね」という客観的なスタンスをとっていました。しかしこの頃になると、入退院を繰り返し不在がちになっていた母の求心力は学園内で弱まり、現場を仕切るベテラン教職員の影響力が強くなっていたのです。

組合を結成するほどの力はありませんでしたが、〝アンチ浅井派〟のような反対勢力が存在し、学内ではかなりの力を持っていました。それだけに私は、当時のドレメの職員室を陰で〝大奥〟と呼び、「ここから変えて行かなければ……」と心に決めていました。

そうした四面楚歌ともいえる状況の中、自分の立ち上げた新しい学科と担い手のいない夜間科を育てながら、積極的に新しいことに取り組んでいく私のやり方は、ドレメに必要な時代の変化に対応した改革でした。やがて、そうしたことに教職員たちも気づくようになり、授業が終わるや否や帰宅するような人も少しずつ減るなど、職員室の雰囲気は徐々に変わっていったのです。

第七章

2代目学院長となって

突然だった母との別れ

１９７９年（昭和54）、浅井学園は創立40周年を迎えました。８月にアメリカ西海岸で創立記念のファッション研修を行い、10月10日には北海道厚生年金会館を貸し切って記念式典を挙行しました。

この式典を開催する際、「式の様子を映像にして残したい」と父が突然言い出し、わざわざテレビ制作会社に頼んでビデオ収録しました。なぜ映像に残そうとしたのかをあとになって考えてみると、父は母が公の場に姿を見せる最後の機会になると予感していたのだと思います。この時の式典は、母にとってまさに生前葬ともいえるものとなりました。

長らく糖尿病を患っていた母は、入退院を繰り返すようになっていました。加えて心臓も悪くなっていたため、札幌医科大学附属病院（以下、「札医大」と略します）の胸部外科に転院し、日本初の心臓移植手術を行った和田寿郎教授の治療を受けていました。また、糖尿病からくる足の障害は、整形外科の河邨《かわむら》文一郎教授が担当医でした。河邨先生は、札幌五輪のテーマソング「雪と虹のバラード」を作詞された詩人としても有名な方です。

当時、札医大に入院していた母は、「40周年式典の前に退院して体調を整え、ぜひ出席したい」と、式典の1か月ほど前に無理をして退院しました。自宅では、枕もとにロケットを思わせる大きな酸素ボンベを置き、吸引しながら過ごしていてとても歩ける状態ではなかったため、式典には車いすに乗って出席することになりました。

北海道厚生年金会館の収容人数は２３００人ですが、式典当日は各界からご招待した多数の来賓に加え、北海道女子短期大学の学生、ドレメ、調理師学校、大麻幼稚園、第2幼稚園の教職員や学生、園児、保護者、学園関係者が出席し、会場は3階席まで満席でした。

舞台演出は、会場となった北海道厚生年金会館ホールのプランニングを東京から持ってこられた、劇場プロデューサーの太田晃正さんにお願いしました。太田さんにはその後も、学園の70周年、75周年それぞれの式典で演出を手掛けていただき、このたびの創立80周年式典の演出にもアドバイスをいただきました。

「本日は、この北海道厚生年金会館の大きな会場に溢れるくらいのみなさま方にお越しをいただきまして、この式典を行うことができました。誠に感謝の念に堪えない次第でございます」

北海道厚生年金会館（1971 年、札幌市公文書館所蔵）
下は浅井学園創立 40 周年記念式典でご挨拶する母（ビデオ画像より）

創立40周年記念式典より
創設者 浅井 淑子　挨拶

そう壇上でご挨拶をする母の表情は実に晴れやかで、終始、側近として自分を支えてくれたスタッフたちと夫である浅井猛理事長への感謝の言葉を述べました。とてもシンプルな式典でしたが、理事長、院長の挨拶に続き、来賓としてお迎えした当時の北海道知事・故堂垣内尚弘氏から頂戴した心温まるメッセージは、今なお心に刻まれています。

それからわずか2か月後の翌年1月4日、母は天に召されました。それだけに、40周年式典は母とのお別れの式、つまり前夜葬だったのだと、私だけでなく身内や関係者も感じていたようです。

40周年の式典を終えたこの年、年末年始を大阪の高田さんの実家で過ごすと母に伝えたところ、「ママも一緒に行くわ」と言い出しました。私が大阪に行く理由はもう一つありました。それは、年明けの1980年1月6日、エールフランス航空が運航する世界初の超音速旅客機コンコルドに乗るため、パリへ行くことになっていたからです。

これは、エールフランス航空の韓国・パリ間就航を記念したもので、昭和20年代にエールフランス航空を利用してパリへ渡った母・浅井淑子の搭乗記録が残っていたことから、北海道代表に選ばれました。しかし母の体調が優れないことから、代わりに私が1月6日からパリへ向かう便に搭乗することになっていました。

年末、大阪の家に帰省した私たちは、2階の2部屋に私たち夫婦と幼い2人の息子、母と秘書の北本さんがそれぞれ泊り、1階には義父母が寝ていました。母は前夜、高田さんのお母さん手づくりの料理を肴に日本酒を飲んでご機嫌でした。「洋子、コンニャクは〝砂おろし〟といって体にいいから長生きできるのよ」といってパクパク食べていたものです。ところが、深夜にいつもの心臓発作が出て「胸が苦しい」というので、北本さんがニトログリセリンを飲ませ、ポータブル型の吸入器で酸素を吸わせました。

ところが、この時は発作がなかなか収まりません。北本さんが「救急車を呼びますか？」ときくと、母は「うん」と応えたそうです。すぐに救急車を呼びましたが、家の階段が狭く、救急隊の方々は大柄な母をかなり苦労して下まで運んでくれました。

救急車で運ばれたのは小さな病院でした。母が使っていた酸素ボンベはすでに中身が空になっていたのですが、運悪くこの病院も酸素ボンベの在庫を切らしていたのです。「酸素がないと母が死んでしまう」と私は必死に訴えましたが、夜中ということもあり医者も看護婦も対応が鈍く、こんな病院に連れてこなければと後悔するばかりでした。

治療が続く間も、「無理に退院して式典に出なければよかったのかも」「大阪には一緒に行かず、私だけフランスに行けばよかったのかも」などと、心は千々に乱れました。

「ご家族は病室を出てください」といわれ廊下に出て、少しだけ開いていた窓から部屋の中を覗くと、医師は母の胸に除細動器をあて電気ショックを加えながら心臓を叩き始めました。

「まさか……」

やがて病室から出てきた医師が「中へお入りください」と私たちを招き入れ、「ご逝去されました」と告げました。1月4日午前8時35分、享年62歳。急性心筋梗塞でした。

突然の母の死に混乱した私は、「うそ！　こんな病院じゃなければ、酸素さえあれば死ななかったのに。あなたが殺したのよ‼」と医師を責めました。「たいへん申し訳ありません、力不足でした。残念です」と医師は頭を下げるばかりです。

そして、母の遺体にとりすがり、「ママ、起きて。一緒に帰ろう」と泣き叫びました。そんな私に北本さんはひと言、「洋子さん、落ち着いて。ママ先生はもう十分に頑張られました。ゆっくり眠らせてあげましょう」と声をかけてくれたのです。

その言葉を聞いて、私はハッとしました。

それまでの長い闘病生活を、母とともに過ごした北本さんにとって、これ以上、病と闘い苦しみながら母が生きることを望むのは、酷なことだったのです。「医者を責めるより、まずはママを北海道に連れて帰らなければ」と、私は考えを切り替えました。

この時、私が着ていた赤いバラの柄が入ったTシャツは、母が「素敵、かわいいわね」と褒めてくれたものでした。「同じ服を買ってあげるわね」と話していたことを思い出し、北本さんに「この服をママに着せたい」と頼んで、遺体にその赤いバラの柄のTシャツを着せてもらいました。そして救急車で高田さんの実家に戻りました。

大阪の実家には、質素な木製の棺が用意されていましたが、札幌の兄に電話をかけて、

「お兄ちゃん、ママが死んだの！　これから連れて帰るので、内側に白いボアを貼った暖かそうな棺を用意して」と頼みました。もちろん、２日後に行く予定だったエールフランス主催のコンコルドでのパリ旅行も辞退することになりました。

母の帰郷

母を札幌に連れて帰るためには、飛行機に乗せなければなりません。しかし、正月休み中の1月4日とあって札幌行きの便はすべて満席です。そこで、叔母の夫で衆議院議員の箕輪登先生にお願いしたところ、札幌行きの便に私と秘書の北本さんの2席を確保してもらい、母の遺体は貨物室にのせて大阪から飛び立つことができました。高田さんと2人の息子は、翌日の便で札幌に帰ってきてもらうことにしました。

飛行機の貨物室に安置された母の遺体は、氷のように冷えきった状態で北海道へと運ばれました。千歳空港に到着した飛行機から遺体を降ろす際は、JALの職員の方々が整列し、敬礼をしてくれました。その間、母の死は道内のみならず全国のテレビニュースでも報じられ、札幌では大騒ぎになっていました。

空港で母の棺を乗せた霊柩車に、私と迎えに来てくれた父が同乗して札幌に向かいました。父はポツリと、「ママともう一度、世界旅行がしたかったな」といいました。でも皮肉なことに母は、亡くなる直前に「もう一度、海外旅行に行きたいわ。でも、パパとは絶対行きたくない」と私に漏らしていました。父と一緒に旅行をすると、母がずっと父のご機嫌を取らなくてはいけないからです。

父はたいへん仕事のできる人でしたし、母のことも愛していました。でも、その愛し方は母の望むものではありませんでした。父は男尊女卑の古いタイプだったので、母は父を怒らせないよう、いつも逆らわずにそれを受け止めていました。しかし、そうやって年月を積み重ねたことで、いつしか2人の間に溝ができてしまったのかもしれません。

仕事のパートナーとしては最良でしたが、妻としての役割は果たせなかったのでしょうか。どちらかといえば母は、人の世話をするタイプではなく面倒を見てもらうタイプでした。その点、私も母によく似たようです。

その後、秘書の北本さんと母を偲んで、母の好きだったヒゲのおじさんで知られるニッカウイスキーをストレートで酌み交わし、ボトルを1本空けるまで三晩続けて飲んだことは今も忘れられません。

母の葬儀は、すべて父が取り仕切りました。葬儀の際は、父の兄で2人の縁を取り持ってくれた、円山カトリック教会の浅井正三神父様にミサをお願いしました。母が一番好きだった〝情熱〟を表す深紅のバラで遺影を囲み、母の主治医でもあった札医大教授で詩人の河邨文一郎先生が、「大輪バラの首が散りおちた」と弔辞を寄せてくれました。

その後、ドレメ、大麻幼稚園、第2大麻幼稚園、旭川調理師専門学校、北海道女子短期大学で、計5回の学園葬を行い、会場の祭壇には必ず真紅のバラを飾りました。この時は、各地の生花店から「バラの花が消えた」といわれたものです。

思い返すと母は大阪に都合三度、足を運んでいます。一度目は私が高田さんと出逢った年に初めて高田家へ里帰りした時。二度目は結婚式に父と一緒に出席してくれた時。そして三度目は、死に場所を求めたかのように大阪へと赴きました。自らの死地に大阪を選んだのは、最後まで私のことを気にかけていたせいかもしれません。

そういえば母が亡くなったあと、戸籍上の名前を実家の浅井にするか、それとも夫の高田にするかで私はかなり悩みました。考え抜いた末、「浅井洋子でいきたい」と高田さんに伝えました。

彼はすぐさま、「それじゃあ、僕が浅井になろう」といってくれました。でも、それでは亡くなった母がきっと喜ばないと思い直し、「仕事上は浅井でも、戸籍は高田になります」と私がいうと、今度は高田さんが反対して言い争いになりました。これも、今では良い思い出になっています。

北海道女子短期大学で行われた浅井淑子学院長学園葬の祭壇（1980 年 1 月 21 日）。
写真左は父・猛の実兄の浅井正三神父様。下は亡くなる数年前の母と著者

学院長の重責を背負って

　母が急逝して間もない１９８０年（昭和55）１月末、後任の学院長を決めるために緊急の学園理事会が開催されました。その場で、それまで学院長代理を務めていた私が２代目の学院長に選出されると、直後に父はきっぱりとした口調で「洋子が跡を取りなさい。頼んだよ！」と私に声をかけてくれました。29歳の時です。

　でも実のところ、母がこんなに早く亡くなるとは思ってもみませんでした。母はまだ62歳でしたから、もう少し先のことだろうと高をくくっていたのです。ですから、学院長という重責を突然担うことになり、正直不安でした。それでも、中学生の頃から意識してきた「私がドレメを守る、学園を守る」という責任感が私の背中を押し、すぐに覚悟を決めることができました。

　学院長代行から学院長となり、初めて職員室に足を踏み入れた時のことです。教職員の中で私のことを最初に「院長」と呼んだのは、意外にも〝アンチ浅井派〟の主任でした。

内心驚きましたが、それを契機に他の教職員たちも私を「院長先生」と呼ぶようになりました。結局、反対勢力はあくまでも母のアンチであって、浅井学園のアンチではなかったのです。この時、「人はその能力の生かし方次第で変わる」ということを、身をもって学びました。

もとよりドレメの教職員は技術力が高く、人間的にもしっかりした考え方の持ち主ばかりです。そんな教職員たちが私を「院長」と呼んでくれたのは、「時代は変わったのだから、私たちは洋子先生について行きます」というメッセージだったのでしょう。

その後は私が何か新しい提案をすると、「難しいとは思いますが、院長はもうやると決められているんですよね。じゃあ、やってみましょう」と協力してくれるようになりました。それまでは傍観者のスタンスだった教職員が、学内の改革にも積極的に参加するようになったのです。

また、部下のうち6、7割は自分の意見に同調してくれる人でよいのですが、反対意見を述べる人を3割ほど置かないと、いつの間にか〝裸の王様〟になってしまう恐れがあります。ですから、部下の本音を引き出せるよう、普段から意見しやすい職場環境をつくることを心掛けました。

母の腹心だった初代の故富岡美恵子副院長は、いつも私の意見を尊重してくれました。そこで副院長には、私と教職員の間の調整役を務めてもらいましたが、私の運営スタイルが徐々に学内へ浸透すると、のちにすべてを一任してくれるようになりました。

とはいえ、女性ばかりの組織だったこともあり、当時のドレメの改革は容易なことではありません。良い伝統はしっかり継承しながらも、時代のニーズに合わせて変革していかなければならないことがいくつもありました。

オーダーメイドが中心だったドレメに、既製服を手掛けるアパレル科を設け、吊るしの量産システムに対応したことを手始めに、縫製の技術だけでなくファッション全般について学べるよう、次々と新しい学科を立ち上げていきました。たとえば、ファッションが大好きでドレメに入学しても、途中で辞めてしまう学生が少なくありません。その最大の理由は、ドレメの授業が縫製技術の習得をメインにしていたからです。オートクチュール科では授業の8割を縫うことが占め、アパレル科でも7割は実技が中心でした。

私は、お洒落が好きでも縫製などの実技が苦手だったり興味を持てなかったりする学生のために、メイクやヘアスタイリングなど装飾的なファッションの技術を学べる学科の必要性を感じるようになりました。そこで、トータルにファッションを学びたい人向きのコーディネーター科や、服飾店の販売促進やPR、メディア対策などを学べるビジネス科、さらにスタイリスト科、装飾表現科など多数のコースを新たに立ち上げ、これらの学科では縫製技術の授業を最低限に留めるようにしました。

とはいえ、ドレメで教育を受けた学生を卒業させるからには、ボタンくらいは自分でつ

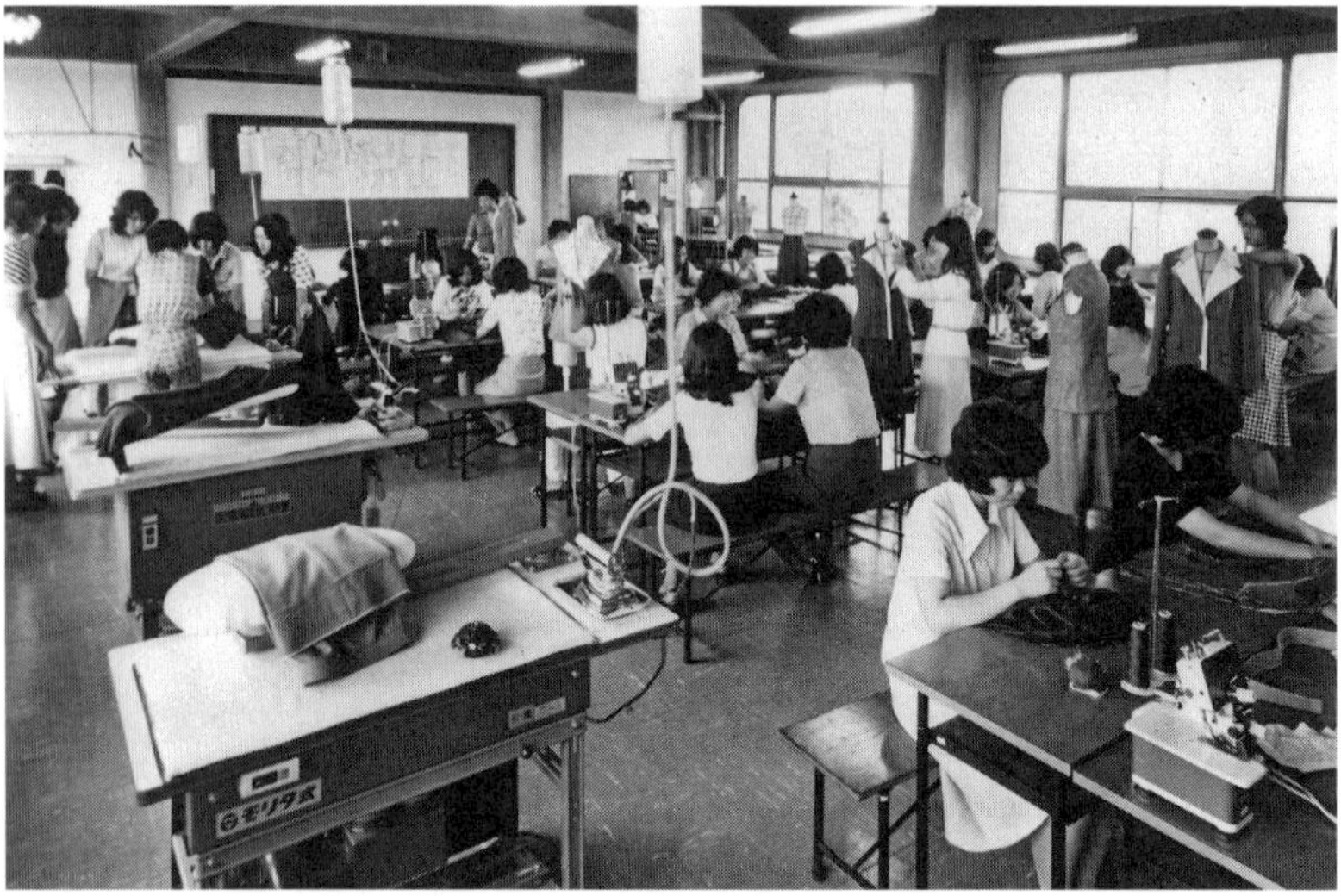

2代目学院長に就任した頃のドレメの授業風景（1980年）。下は就任時の著者

けられる人材を育てなければなりません。そのため、縫製のイロハだけは身につくよう、どの学科も授業全体の2割ほどを縫製の時間にあてています。

こうした学科の改革に加えて、私は教職員の意識改革を目的に、パリやロンドン、ニューヨークなど海外へ積極的に研修に行かせました。海外はもちろんのこと、東京や沖縄など海を渡って別の土地へ行けば空気が変わります。その違いを自分の肌や心で感じられるようになってほしかったのです。よその土地へ行って北海道との違いを感じ取ることで、初めて北海道の素晴らしさが理解できるわけで、これは私自身が肌で感じてきたことです。自分の住む土地である北海道、そして日本の良さを知ってほしいからこそ、私は教職員たちに道内外はもちろん海外へ行くことを奨励しました。

人生に遠回りはなく、無駄になることは何一つありません。むしろ遠回りした方が大切なことをたくさん学べるのですが、今は若い人が失敗しないよう大人が先回りして助けてしまいます。でも、失敗せずに覚えられることなど一つもありません。人は失敗をしてこそ初めて人生で大切なことを覚えると、私は信じています。「幸せの中で学ぶことは一つもない」のです。

母が築いた浅井学園は、技術を通して人間教育を行い、人を育てることを目標としています。その基本的な理念は私の代になっても変わることなく、さらに次代へと受け継がれていくことでしょう。

技術者から教育者へ

私が学院長の時代は、一番多い時で昼夜合わせると学生が約400人、教職員は40～50人いました。学園を仕切っていたのは、古くから勤務しているベテランの教職員たちです。男性は事務局長を務める高田さんを含め数人いましたが、彼はリーダーシップをとるタイプではありません。文字通りの〝女性の園〟で、私は孤軍奮闘することになりました。

当時のベテラン教職員は、助手がテーブルを拭くと「まだ埃がある！」と叱責するような厳しい人が多く、主任が残業していると助手はそれより早くは帰れない雰囲気でした。朝も助手は主任より先に出勤し、就業時間前までに職員室を掃除しておくのがあたり前という時代だったのです。

それだけに、院長に就任した当初は、私が連れてきたスタッフの人事すらやりづらく、ましてや〝大奥〟ともいえる古株の教職員たちの人事には怖くて口をはさめませんでした。

振り返ってみると、そのためにドレメの改革が遅れ、その犠牲になったのは学生たちだったことを考えると悔やまれてなりません。従来の授業に興味を持てない子は、ドレメを辞めるしかなかったからです。

ドレメでは優秀な学生を、しばしば教職員として採用してきました。母の時代から続く伝統なのですが、これがのちに弱点となりました。ドレスメーキングの技術にどれだけ長けていても、教育者の資質を持つとは限らないからです。

人間としての幅――たとえばさまざまなアルバイト先で、さまざまな階層の人と触れ合ってきたなど、豊富な人生経験がなければ、多様なタイプの学生を相手にすることは難しいのです。

お嬢様を相手に縫製技術だけ教える時代はそれでよかったのですが、世の中の変化とともに新しい価値観を持つ学生が数多く入学してくる時代になると、それでは通用しません。髪の毛を伸ばし、スカートを履いて通学するようなジェンダーフリーの男の子もいる時代になると、多様化する学生に対応できる教職員の指導力や人間の幅が求められるようになってきたのです。

私は教職員たちに、「自分が〝学生を型にはめない良い教育者〟なのか、それとも〝型にはめる悪い教育者〟なのかを、常に意識しながら教壇に立ちなさい」と指導しています。学生のいうことに聞く耳を持たず、四角四面に技術だけ教えていると、やがて心は離れていきます。そうなってから初めて、自分は誰のお陰でご飯を食べられているのかということとに気づかされるのです。これは私自身が、そうした失敗を何度も経験してきたからこそいえることなのです。

ドレメのオープンキャンパスには、モデル志望などさまざまな夢を持つ若者が見学に訪れます。ところが多くの教職員は、モデルになるなら165センチ以上なければとか、O脚じゃ難しいとか、マイナスな要素ばかりを伝えがちです。

でも、爪や脚、手などのパーツモデルがいるように、ひと口にモデルといってもさまざまなニーズがあります。それなのに、モデルになりたいという若者に対して教職員が「それは無理だと思う」などとは、決していってはいけません。「狭い視野でこうあるべきと決めつけるのはやめましょう」と私はいつも教職員たちに伝えています。

初めて出逢う若者たちは、まさに未知数です。たとえ体重が100キロあっても、入学してから50キロになってモデルになる可能性もあるのです。ですから、「ドレメにはモデル事務所に務めている卒業生もいるから、チャレンジしてごらん」と私はいいます。実際にモデルを目指してみると、自分がモデルに向いているか否かを最も良く理解できるのは本人のはずです。無理とか、できないとか、周りの大人に決めつける権利はありません。それを最終的に決めるのは、本人自身なのです。

ですから私は、入学希望者に対して「無理」「できない」「わからない」という言葉を絶対に使わないよう、教職員に徹底するようお願いするとともに、私たちは学生たちから〝教える機会〟を与えられていることを忘れてはいけないと伝えています。

私自身が不器用だったので、「この素材は難しいから、浅井さんには縫えないわよ」とよく先生にいわれました。そうした経験を私は反面教師にしたのです。

〝天は二物を与えず〟という格言がありますが、一人の人間が持っている他人より秀でた能力は、基本的に一つしかありません。だからこそ、たった一つの才能を本人が見極められるように導いてあげることが、私たち教育者に与えられた使命なのだと思っています。

長年、ファッションの世界に携わってきた私が考える〝ドレスメーキング〟の秘訣とは、自分の個性を生かして布地や素材を選び、それをどのように裁ち、縫い、どうやって仕上げるか、ということに尽きます。オリジナリティーを追求しながら、お客様と自分の個性をより美しく、より効果的に表現することが〝ファッション〟であり、つまり〝装う〟ということなのです。

「誰に、何を、どうするのか、どうしたいのか」をいつも念頭に置きながら、実際の制作に際しては「誰と組み、どのようにつくるのか」を考える――。ものづくりに際しての考え方や仕事の組み立て方は、他の世界と少しも変わりません。こうした仕事の進め方の基本を学んでもらいながら、社会人としての常識もしっかり身につけてもらうことが、ドレメにおける教育の根幹となっています。

社会的責務を果たして

亡くなった母から私が引き継いだのは、院長の仕事だけではありません。政財界とのつきあいも多かった母だけに、「ミスさっぽろ」の選考委員などさまざまな公職に就いていました。それまでも、体調の優れない母に代わって講演やテレビ出演などをしていましたが、その社会的活動の多くを私が引き継ぐことになりました。

中でも、札幌商工会議所の婦人会に、歴代最年少となる30歳で加わったことは忘れられません。会長や社長などそうそうたる顔ぶれの女性経営者が揃う会だったので、大先輩をお手本に商《あきない》のイロハなど多くの事を学びました。私自身は若さを生かして、前例主義にとらわれない新たな提案や試みを積極的に行いました。

たとえば、他の都府県にはその名を冠した商工会議所があるのですが、北海道だけは各地域単位の商工会議所しかなく、なぜか「北海道商工会議所婦人会」がありません。せめて北海道を南北のブロックに分けた〝全道商工会議所〟とか〝北ブロック〟の婦人会を組織できないものかと提案したところ、メンバーのみなさんに賛同いただき、広報誌「薫風」を立ち上げて2号ほど発行し、全道の商工会議所にその構想をアピールしました。

札幌商工会議所に関するものでは、商工会議所が主催する北海道商工業振興審議会の委員を依頼され、引き受けたこともあります。主に道内商工業の振興対策を立案、審議する会で、大きな責任を伴う仕事でした。こうした活動を積み重ねた結果、8年後には婦人会の常任理事に選ばれるまでになりました。38歳の時のことです。

札幌市観光協会の事業にもいろいろ関わっています。「ミスさっぽろ」では選考委員を20年以上務め、ドレメ出身の冴木杏奈さん（本名・種田享子。現在はタンゴ歌手としてアルゼンチン、フランス、ドイツ、アメリカ・ニューヨークでコンサートツアーを行う）を1984年（昭和59）、ミスさっぽろに選出したことも懐かしい思い出です。同じく札幌市観光協会の依頼で、観光立国推進戦略会議の委員を務めたこともあります。そのほか、北海道学事課から北海道私立学校審議会の審議会委員を依頼されたほか、環太平洋観光サミット'99の実行委員や大蔵省（現財務省）の国有財産地方審議会委員などの要職を歴任しました。

また、北海道新聞社が1980年代前半から始めた主催事業「北の文化会議」で、10年間にわたりパネラーを務めたことも印象に残っています。この会議は、道内の各地域が抱える問題を提起してもらい、専門家が現地にうかがって討論を行うもので、全道各地で開

私の新聞評

浅井《あさい》　洋子《ようこ》

「道庁不正」鋭い究明を

官依存の道民性も検証必要

三月に入っても、道庁の不正問題が連日取り上げられ、読んでいるだけで血圧が上がる。

道新特別シンポジウム「道政改革—信頼回復への道を探る」の内容が五日朝刊で特集された。このシンポジウムで提言されたことは、いずれも問題の本質を突いているが、読んでいて感じたことは、この提言が実現に向かっているかどうかを、その後の報道の中で追跡、検証していくことを求められているのではないか、ということである。

そもそも道庁の不正問題は、マスコミや道民がもっと早く声を出すべきだったのかもしれない。確かに情報開示が十分でない状態では難しい。だが、記者の方々がカラ出張の事実を知らないとしても、官官接待の実態を知らなかったとは想像しにくいし、また、こんなに根が深くかつ広範囲に行われていたことは知らないまでも、道民の多くは何らかの形で道職員とつながりがあり、不確実ではあってもいくらか不正のにおいぐらい感じていたのではないか。そう考えたら、この問題に対するマスコミの対応は遅すぎたように思う。

と、思えば思うほど自分たちが選んだ知事や議員の行動に対する無関心さ、税金の使い方について気にしない道民のおおらかさが気になって仕方がない。

気になることといえば、監査委員が横路・前知事に対する過失責任を認め、適正な措置を求める勧告を出した。これに対して、横路・前知事は堀知事と同じ程度の返済をしたが、二十三日の読者の声欄に「横路氏の対応は認識不足の極み」と批判していた。その通りだと思う。責任の取り方がお金の多少で計れるものか、また、お金を払えば免罪符をもらったような感じになるのか、どうにも理解できない。

それに、新聞の方も返還の方法やお金の額ばかりを書いていたように感じる。今回の問題の第一責任者は、実行した職員と管理監督の立場にある者であることは明白であるが、なぜ起きたのかの原因究明なしに、ただちに責任論に走った道庁のやり方にもっと冷静な目を向けるべきではないだろうか。

確かに道民は早い結果を求めると思うが、そこは報道機関としての深い洞察力で原因究明し、問題点を読者に提供してほしい。

また、組織機構や人材登用面、支庁制度の在り方に問題がないか、予算の組み立て方や会計制度が仕事の実情にマッチしているかなど、道庁自体の問題から監査委員や議会の機能、責任、そして官依存体質の道民性まで、これを機会にそ上に載せてほしいと思う。

「知事政策室発足先送り」も、どこが悪いのかよく分からない。肝心の道と道議会が駆け引きやメンツにとらわれすぎている。北海道の将来をリードしていく人たちが、今、何が北海道と道民のためになるかを真剣に考えているはずと信じたい。「過去追及論」も大切だが、「未来論」がもっと語られてよいと思う。そのために道の行政が「本来の仕事」に全力挙げて取り組むように、新聞の建設的な提言が必要ではないだろうか。

◇筆者紹介　1950年、札幌市生まれ。杉野学園ドレスメーカーデザイナー科卒。学校法人浅井学園・北海道ドレスメーカー学院長。社会活動も活発で、道内各地で講演している。札幌商工会議所婦人部理事。札幌市在住。

◇　◇

この評は、札幌市内・近郊配布の新聞をもとにしています。

北海道新聞朝刊に掲載された「私の新聞評」(1996年4月2日)

催されたすべての会議に参加しました。私は衣・食・住を担当し、各地の方々とさまざまな討論を重ねたことは貴重な経験となっています。

北海道新聞といえば、1996年（平成8）に寄稿を依頼された「私の新聞評」も印象に残っています。年に3回、4人の執筆者が交代で寄稿するというものでした。4月には「道庁不正、鋭い究明を。官依存の道民性も検証必要」。8月には「いじめ防止策は不満。根の深い問題、本音で追及を」。そして12月には「本道の未来考えた企画、建設的な提言、記者に期待」と、当時の紙面で取り上げられた社会問題について、私の視点から新聞評を執筆し、寄稿しました。

そのほか、母が初代支部長を務めた、オートクチュールのデザイナーが名を連ねる「日本デザイナークラブ（NDC）北海道支部」の支部長を、親子2代で務めたことも記憶に残ります。NDCのコンテストではこれまでに何度も受賞していますが、中でも細かい刺繍の家紋をあしらった白のイブニングドレスが関係者から高く評価されたことは、うれしい想い出です（口絵参照）。また、海外研修の機会にも恵まれ、創立55周年の際はパリで浅井洋子コレクションを発表することができたことも忘れられません。

これまで数々の公職を務めてきましたが、〝名ばかり〟で引き受けたことは一度もありません。「～委員」や「～会長」「～支部長」などの肩書をいただくには一定の責任が伴いますし、同時に結果も求められます。だからこそ、肩書だけをほしがる〝名ばかり〟の人間にはなりたくないと考えてきました。その気持ちは、歳を重ねるごとに強くなっています。

こうした公職や社会的活動は、ドレメの運営や授業の合間に行っていたので、仕事との兼務は楽なことではありませんでした。しかし、学外での活動で築いた各界との人脈と信頼関係によって、のちに浅井学園の運営を担う立場になってからも、多くの方々に支えていただくこととなりました。そのご支援には、ただ感謝の気持ちしかありません。

私の子育て

私には子どもの頃、家庭があるようでありませんでした。共働きの両親はあまりにも忙しく、私は孤独で家庭の温もりに飢えていました。だからこそ、私と同じような寂しい思いを、自分の子どもには決してさせたくありませんでした。

そんなこともあり、私はあたり前の暮らしを大切に思うようになっていました。本当に好きな人と結婚し、一緒に育てる――それが当然のことだと思い、結婚したからには子どもがほしい、子どもを産むべきとも考えていました。女性として生まれた私にとって、母親を体験することはごく自然なことだったのです。

子どもを産むかどうか迷っているという話を、よく耳にします。もし迷っているなら、産むべきです。迷う理由はいろいろあるでしょうが、産んでしまえば迷いなど消し飛んでしまいます。出産は女性にしかできない特別な体験ですし、私の場合、出産することで女性としての自分の在り方がさらに安定したように感じました。

これまでに私は、子育てについての本を2冊出版しています。1冊目は自分の子育て体験をつづったもの、2冊目は子育てに悩む人や子どもを産むかどうか迷っている人に向けた指南書です。私が悩むこともみなさんが悩むことも、同じようなことのはずと考えました。また、子づくりに迷う人に対して、「何事もやってみないとわからないのだから、一度産んでみなさい」と背中を押したくて、それぞれ執筆しました。

子育てに関して、夫の高田さんは良きパートナーでした。彼は仕事よりも子どもが好きというタイプで、息子たちの面倒をよく見てくれました。周囲の人からは、「洋子さんは産みっぱなしで、高田さんが育てたよね。本当に洋子さんが産んだの？」などとからかわれたものです。

もちろん、料理や洗濯など家事全般は私がやりましたが、保育園の送り迎えや歯磨き、遊びといった子どもたちの日常生活については、高田さんがこまめに面倒を見てくれました。保育園に預けている子どもが熱を出したと職場に連絡が入ると、会議中でも「子どもが熱を出したので帰ります」と平気でいうような人でした。あとで、「恥ずかしいから別の理由にして」と高田さんを怒ったこともありました。

子どもたちは、1977年（昭和52）に生まれた長男の学《まなぶ》（現ドレメ校長）を筆頭に、次男の洋《ひろし》（1979年生まれ、現浅井学園総務主任）、三男の司《つかさ》（1982年生まれ、コ

著者が手づくりした次男・洋の誕生日ケーキは、「ヘンゼルとグレーテル」のお菓子の家がテーマ。下は家族のクリスマス会で（各1980年代）

ンビニエンスストア勤務）という三兄弟です。

母親として最も多忙だったのは離婚した直後で、長男が中学2年、次男が小学6年生、末の子が小学4年生の頃で、それぞれ2学年違いです。朝5時起床、長男の学は6時にあいの里にある附属中へ登校し、次男の洋は7時30分に幌西小学校へ野球の朝練へ——などという毎日の行動を、スケジュール表にして壁に貼っていました。これに合わせて、子どもたちには規則正しい生活をさせ、遅刻も許しませんでした。

私自身、前夜どんなに深酒をしても、保育園の母子手帳には必ず先生への返事を書くなど、母親業をしっかりこなすことを自分に課していました。これはもちろん息子たちのためでもあるのですが、「あのお母さんは働いているから仕方がないわね」と陰口を叩かれたくなかったことも理由の一つです。片意地を張っていたのかもしれません。とはいえ、3人分の連絡帳を深夜に酔った状態で書くのは、なかなかつらい作業でした。

子どもたちの誕生日には、いつも家に友達を呼んで誕生会を開きました。ある時、忙しくてケーキの土台になるスポンジを焼き忘れたことがあり、困った私は工夫して乗り切りました。まず、スポンジケーキの代わりにカステラをたくさん用意し、それを切って組み合わせ、デコレーションケーキの形にします。その上から生クリームを塗り、ゼリーなどで飾りつければ、即席のバースデーケーキの完成です。いつものスポンジより甘いカステラでできた大きなケーキに仕上がったので、子どもたちにも大好評でした。

また、童話「ヘンゼルとグレーテル」に出てくる魔法使いのお菓子の家を、クッキーのドアとマーブルチョコのドアノブ、そして並べたパラソルチョコで屋根をつくるなどメルヘン調に仕上げたこともあります。そのほか、男の子はガンダムなどの小さなプラモデルが好きなので、きれいに洗ってケーキに乗せるなど工夫を凝らしました。こうして完成した〝世界に一つしかないケーキ〟が登場すると、子どもたちは目を丸くして大喜びしてくれます。その喜ぶ顔が見たくて、本当は孫たちにも手づくりしてあげたいと思いつつ、まだ一度もできていません。

子育てに関しては高田さんにすべて任せていただけに、のちに離婚し、3人の子どもたちの親権を持ってからは、父親の不在を補えないのでは、という不安に襲われました。辛い思いをさせてしまった子どもたちを、自分だけでちゃんと育てられるのだろうか——そう考えると、いつもは前向きな私も「なんとかなる」とは簡単に思えませんでした。

そうした不安から逃れようと、お酒に走ったこともあります。朝方、泥酔して帰宅した私を長男の学が玄関で待っていたことは忘れられません。どんな思いで私の帰りを待っていたことか、次男と三男もどんなに不安だったことか——。胸をえぐられる思いでした。

私が不在の時、長男の学は弟たちを不安にさせないよう、いつも父親代わりになって面倒をみてくれました。時には私の悩みをきくなど夫の役割まで果たし、陰に日向に私を支えてくれたのです。その存在の大きさにどれだけ助けられたことか……。学には感謝の気持ちしかありません。

そんな時、親友の三浦順子さんからもらった言葉に勇気をもらいました。

「大丈夫よ、洋子。子どもたちがあなたを育ててくれるから」

すぐにはピンときませんでしたが、その言葉が気になり意味を考え続けました。

「子どもが親を育てるって、どういうことかしら。自分は子どもたちの親だから、彼らにするべきこと、しなければならないことがある。まずはそれをきちんとやろう」

戸惑いつつも、その問いはじわじわと心に沁み込み、やがて行動へとつながっていきました。そして、私は子どものおかげで親になれたことが、ようやく実感できるようになったのです。私は子どもたちを育てながら、子どもたちに育てられました。

また、子どもへの教育については、長男が通った北海道教育大学附属札幌小学校・中学校で学んだ教育方法からも大きな影響を受けました。

通学区域の学校では、「1＋1」の答えは「2」としか教えません。バツかマルしかない画一化された教育なのです。でも、附属の教育は違っていました。小学校1年生になった長男の授業参観に初めて行った時のことです。算数の時間に先生が、輪投げのセットを教室に持ち込んできました。そして、「輪投げをして問題をつくってみましょう」と子どもたちに声をかけると、一人の生徒がすぐに手を挙げ、「先生は何本の輪を持ってきましたか？」という問題をつくります。すると、ほかの生徒も次々に問題を考え、どんどん発表していきます。

次に先生は輪を2個投げ、「これは何個ですか？」と尋ねました。生徒が2個と答えると、「じゃあ、2っていう数はどうやったらつくれるかな？」と問い掛けます。生徒たちは、「4－2」などさまざまな組み合わせを考えて発表します。こうして、「1＋1」以外にも、2をつくる方法は数多くあることが理解できるようになるのです。

自分がかつて経験した学校教育とはまったく異なる教育方法に、私は驚かされました。暗記するだけでなく、自分の頭で考えることを学べるように工夫されていたからです。そして、「親御さんは子どもたちに対して〈待つ、信じる、期待する〉を心掛けてください」と先生にいわれ、私はそれまでの自分の教育方法を根本から見直しました。

以前は、子どもが靴紐を上手に結べないと、「時間がないから早くしなさい！」といって私がさっさと結んでいました。でも、自分で考えて自発的に行動することこそが大切で、親の命じるままに行動させてはいけないことを学んだ私は以後、結べなかったら自分で結べるまで急かさず待つようにしたのです。このことから、子どもを教育する前に、親の教育も必要であることを痛感させられました。

家族といえば、日本の家族はいつも一緒にいて、一見すると仲が良さそうに見えます。しかし、ひとたび何か問題が起きると、茶の間に居た家族は1人減り、2人減りと姿を消し、発生した問題を直視せず逃げ出してしまいがちです。やがて就職や結婚で子どもが家を離れると、家族で逢う機会は極端に減ってしまうのです。

それに対して浅井家では、私の母が元気な頃から、ひと月に一度は家族会議を開いて、必ず顔を合わせるようにしていました。それを見習い、私も2か月に一度、3人の子どもたちに集まってもらい家族会議を開いていました。その時はみんなで美味しいものを食べ、楽しい雰囲気で過ごすようにします。説教じみたことはなるべく先に伝え、あとに尾を引かないよう気を遣ったものです。今でもお正月やお墓の供養日、誕生会、クリスマスなどには、必ず家族で集まるようにしています。

このように、家庭の温もりを知らぬまま育った私は、何よりも家族を大切にしてきました。そして家族同様に、学園の教職員たちも大切にしています。教職員だから仕事をしてあたり前、という考え方は決してしません。教職員は自分にとっての財産ですから、気持ちよく働いてもらいたいのです。

教職員たちと接する時は話し方にも気を遣い、家族や教職員を犠牲にして自分だけ良い思いをしてはいけないといつも自戒しています。もし、身内に裏切られるようなことがあれば、それは自分の接し方に問題があったと考えるようにしています。

出張で道外や海外へ行った時は、自分のものはさておき、家族や教職員へのお土産を最優先に、できるだけ数を多く買って帰るようにしています。決して高価なものではありませんが、自分が人からされてうれしいことを他人にしてあげれば、必ず誰かが喜んでくれるはずです。

こうしてお土産を配ることは、恩を着せるためでなく、あくまでもコミュニケーションのツールと私は考えています。気配りや思いやりなくして、私たちの人間関係は成り立たないのですから。

こうした人との接し方も、すべては〝母から学んだこと〟の一つなのです。

第八章　父の死と兄

父の死

母が亡くなったあと、しばらくの間、父は泣き暮らしていました。性格やタイプが違うとはいえ、もとから愛し合っていた夫婦だったので、その落胆ぶりは尋常ではありません。一周忌まで悲しみを引きずるのは仕方のないことかもしれませんが、2年を過ぎても以前のような元気を取り戻せない父を見て、「亡くなった母に引っ張られてしまうのではないか……」と私は不安でした。というのも、仲の良い夫婦の片方が欠けると、残された方も3年以内にあとを追う――そんな風にどこかで信じていたからです。

私たち夫婦は母の死後、ドレメの前に建つ両親の自宅裏に自分たちの家を建て増し、2世帯住宅にして父と暮らしていました。巨人ファンの父はシーズン中、いつもテレビのナイター中継を観戦します。試合が午後10時頃に終わると、私は「おじいちゃん、もう寝るよ。歯を磨いて」と父を寝かしつけ、それから裏の自宅に戻り、今度は高田さんの相手をします。あの頃は、父と高田さんの存在が、私の両肩にずっしりとのしかかっているように感じていました。

母は父が58歳の時に亡くなったので、三回忌が終わったあと、父の還暦祝いを1年遅れで開いた記憶があります。この時も、父は以前のような覇気がなく、このままでは母のもとに行ってしまうかもしれないと、気が気ではありませんでした。そこで、兄と相談して父に再婚を勧めました。父に元気を取り戻してもらいたかったのです。その後、父は再婚して自分の居場所を持つことができました。


1990年（平成2）11月初旬の朝方、喉に痰を詰まらせた父は呼吸困難に陥り、後妻の怜子さんが呼んだ救急車で市立札幌病院に搬送されました。その時、受験勉強に励む学の夜食の仕度をしていた私は、救急車の音が家の前に近づくと、すぐさま靴も履かず素足で外に飛び出しました。

「おかあさん、靴を履いてないよ！」と後ろで叫ぶ長男の声にも構わず、「おじいちゃんだよ、おじいちゃんだよ」と口走りながら、私は1丁も離れていない父の家へ走って向かいました。長男もあとを追ってきます。

父の家に着くと、息のない父を蘇生させようと救急隊員が心臓マッサージをしています。私は「パパ！　パパ！」と必死に呼びかけました。一時は心停止の状態になりながらも、その場で息を吹き返した父はすぐさま、まだ北1条にあった市立札幌病院へ救急車で運ば

藍綬褒章を受章した時の父（1981 年）。没後、正五位勲三等瑞宝章を受章

れ、カンフル剤を心臓に6本も打って蘇生したことで、なんとか一命をとりとめました。

しかし、自宅で呼吸困難に陥った父は、3分ほど脳死状態になった影響でその後も意識が戻ることはなく、理事長を務められる状態ではありませんでした。

その直後に開催された学園の緊急理事会で、新しい理事長を選任するための選挙が行われ、すでに理事になっていた兄の浅井幹夫が2代目理事長に選ばれました。そして、理事長の座を兄に譲ったわずか1か月あまり後の1991年1月11日、父は71年の生涯を閉じました。

母が亡くなってから、すでに11年の歳月が過ぎていました。母と結婚したあと、父・浅井猛は自分の生まれ育った東京とはまったく環境の異なる、北の大地へ移住しました。それだけに、私たちには想像もできない苦労をしたはずです。

結婚から5年後、母は11か月に及ぶ長期のヨーロッパ旅行に旅立ちました。その旅から帰ってみると、頑固だったあの父が浅井淑子の両親とすっかり仲良くなっていたそうです。それだけ良い夫になるための努力を父は重ねていたのだと、今さらながらに感謝しています。

父の跡を継いだ兄

浅井家の血液型は、母がA型で父はB型。そして2人兄妹の兄・幹夫はＡＢ型で、私はA型です。ＡＢ型は天才タイプとよくいわれますが、兄は成績が良く、スポーツも得意で、なんでもオールマイティーにこなせる人でした。

物心がつくと、兄と私にはそれぞれ養育係（今風にいうとベビーシッターでしょうか）がいたほか、家事全般を担ってくれる住み込みのお手伝いさんもいました。勉強が苦手だった私は、宿題もせずに家事の手伝いをよくしていたものです。

そうした他所とは違う家庭環境だったこともあり、私たち兄妹は、普通の子どもとずいぶん異なる育ち方をしました。とりわけ、跡取りの長男として甘やかされた兄は、家の近所を歩いていて植木職人さんに「ボク、今日はどこにでかけるの」などと気安く話しかけられると、「俺はボクじゃない、坊ちゃんといえ！」などと平気で大人に言い返すような強い子でした。

洋食がメインだった浅井家の食卓風景。写真左は著者（昭和 30 年代中頃）。
下は家族で訪れた東京「後楽園ゆうえんち」で兄と（昭和 30 年代後半）

私たちの幼い頃を知るドレメの卒業生に、「お兄さんてどんな子どもだった?」ときくと、口を揃えて「やんちゃでわがままだったね」といいます。一方、私はといえば「大人しくて存在感がなく、いるのかいないのかわからない子だった」そうです。あの頃の私は強い兄の陰に隠れ、息をひそめるように生きていたのかもしれません。

当時の私は、現実の世界に自分の居場所を見つけられず、いつも「どこか別な場所へ行きたい」と願っていました。その思いが叶えられないことに絶望した私は、中学2、3年の頃に自殺未遂を起こしました。薬局で頭痛薬を3瓶買い、一気に飲んだのです。その時は、「こうすれば死ねる」と本気で信じていました。

結局、未遂に終わりましたが、そのあとの記憶がなぜかありません。きっと、その頃のことを思い出したくなくて、自分で記憶を封じ込めてしまったのでしょう。

1950年(昭和25)2月生まれの私と1948年9月生まれ兄とは、歳が16か月しか違いません。でも母からは、「1歳年下だけれど、あなたがお姉さんだと思いなさい」といつも言い聞かされてきました。

そうやって、幼い頃から家族を陰で支えるよう求められてきたこともあり、私はもっと両親に甘えたいと思いながら、素直にその思いを伝えることができないまま育ちました。

今になってみると、母が話したことの意味がよくわかります。私自身、「もし、私がお姉ちゃんだったら、弟がどんなことをやっても受け入れ、守っただろう」と思います。何か不都合なことが起きた時、すべては人のせいでなく自らが蒔いた種と思いなさい——これが母から学んだ大きな教えでした。

兄は1990年（平成2）11月に父の跡を継ぎ、2代目の浅井学園理事長となりました。理事長になった兄は、4年制大学の設立に向けて動きだします。実は父の時代、某私大と合併して大学を設立する話が進んでいたのですが、計画は頓挫し、それから間もなく父は他界しました。

それを遺言と兄は思い、いち早く北海道で短大を設立した父の背中を追って、理事長就任から7年目の1997年、「北海道女子大学」を開学することになります。現在の北翔大学の前身です。同時に北海道女子短期大学も、「北海道女子大学短期大学部」に改称し、存続することになりました。

さらに、2000年には大学を男女共学にし、「北海道浅井学園大学」に改称しました。このような兄の手腕もあって、学園は順風満帆に成長を続けていきます。

学園を揺るがした事件

2005年（平成17）12月、「浅井学園の新校舎建設に際して、文部科学省の耐震補強工事への補助金が不正流用されたのでは」という疑惑が、突如として読売新聞で報じられました。不正といっても、校舎建設の際に耐震補強用の耐震CFシートが使われたか否か、それだけのことです。問題が発覚した時点で、耐震CFシートが使用されているかどうかを調査し、使われていなかった場合は補助金を返還すれば済むことだったのです。

しかし、その報道を見た兄の幹夫は、「私は一切悪いことはしていない。こんな記事を書かれたのは不本意だ」と訴えたのです。本当は「まず事実関係を確認します」というだけでよかったのに……。

調査の結果、耐震CFシートが入っていなかったため、刑事事件としては学園が文部科学省に補助金を返還することで解決しました。その間、兄は疑惑の責任をとって理事長等の役職をすべて辞任します。しかし、背任罪等の疑いで逮捕された兄の裁判が、刑事事件から民事事件に移ると、結審まで実に6年もかかることになりました。

中学2年の時、「私が浅井学園を継ぎます」と兄に宣言すると、「お前はまだ中学生なんだぞ。おれはそんなこと、考えたこともない！」と笑われました。でも、母に反撥していたその頃から、すでに私は将来を予感していたのかもしれません。

やがて、19歳でアメリカへ留学し、カルチャーショックを受けて帰国。その後、約10年にわたり、それまで遠ざけていた母のあとを追いかけ、彼女のすべてを吸収しようと必死に努力を重ねました。そして思わぬ事件によって、私が浅井学園を背負うことになってしまったのです。

第九章　未来へ向けて

次の世代へバトンをつなぐ

浅井学園の理事長を務める兄の逮捕によって、母と父が築き上げた学園に対する信頼は失墜しました。その立て直しを図るため、退任した兄の後任には、浅井家出身ではない方を新たな理事長として選任。さらに、事件から2年後の2007年（平成19）には、大学の校名を浅井学園大学から「北翔大学」に改称し（浅井学園短期大学部も「北翔大学短期大学部」に改称）、その翌年、浅井学園とは別組織の専門学校や保育園を運営する学校法人「北海道浅井学園」の第4代理事長に私は就任しました。

そんな中、学校法人浅井学園北翔大学理事会と北海道浅井学園が目指す教育方針や方向性に、徐々にずれが生じていきます。協議した結果、ドレメ創立80周年にあたる2019年4月1日をもって北海道ドレスメーカー学院を現学校法人北翔大学と分離し、北海道浅井学園を吸収合併した浅井学園へ移行することになりました。

これに伴い、認定こども園大麻まんまるこども園、第2大麻こども園、旭川調理師専門学校等とドレメを運営する法人の名称は「学校法人浅井学園」となりました。そして、北翔大学と北翔大学短期大学部は、新たな学校法人「北翔大学」へ引き継がれることになったのです。

運営組織の変更に伴い、私は学校法人浅井学園の理事長に就任するとともに、ドレメ学院長（現校長）のポジションを長男の学に譲り（2019年4月就任）、名誉院長（現名誉校長）となりました。

校長の学はすでに2006年から、次世代を担う人材としてドレメで勤務しており、2015年のドレメ創立75周年式典を機に、副院長に就任。翌年からは事務長も兼任し、ドレメ全体の運営に関わりながら、3代目学院長となるための経験を積んできました。もちろん、私は一切口出しをせず、ただ見守ることに徹してきました。

この時、私にはもう一つ気がかりなことがありました。それは、ドレメが入る北翔大学の北方圏学術情報センター（通称ポルト）1階アトリウムに置かれている、両親の胸像の扱われ方です。

というのも、2人の胸像は長らく、アトリウム奥の自動販売機が置かれた目立たない場所に設置されたままだったからです。そこには、創立者である両親への敬意がまったく感じられませんでした。こうした不当な扱いにかねてから憤りを感じていた私は、分離を機に北翔大学に対して正式に抗議し、学生たちが登下校する姿を見守り、多くの来客をお迎

エレベータ前に移設した創立者・浅井淑子学院長（右）と初代理事長・浅井猛先生（左）。
下はドレメ１階のポルトホール。写真中央奥のエレベーター正面に胸像が立つ

えできる位置に、私個人で費用を負担して移動させたのです。ようやく創立者の尊厳を取り戻すことができたと、胸のつかえがとれる思いでした。

浅井学園が新体制となった2年後の２０２１年（令和３）４月、１９３９年（昭和14）の創立以来、80年間にわたって使用してきた「北海道ドレスメーカー学院」の名称を見直し、新たな校名を「札幌ファッションデザイン専門学校ＤＯ《ド》ＲＥ《レ》ＭＥ《メ》」としました。これはすべて３代目校長である浅井学のアイディアで、進化を続けるドレメのイメージアップにつながりました。現在、学園の法人組織には次男の浅井洋も勤務していて、兄である校長のサポートや各施設の運営に目配りをしてもらっています。

２０２２年10月10日に開催した創立80周年記念式典で理事長としてご挨拶した際、私は来期から学園運営の現場を後進にゆだねることを発表しました。浅井学園という名のバトンは、新しい世代に受け継がれることになります。

そして、私自身はこれまで以上に〝社会活動〟へ力を注ぐ日々を過ごす決意を表明しました。日本が進むべき未来へ向けたこの国の舵取りに携わりながら、浅井学園建学の精神である「女性の自立と自律」を踏まえて凜《りん》とした素敵な〝女性《ひと》づくり〟を実践し、より多くの女性の社会進出や社会参加を目指して、北海道さらには日本を明るい未来へ導くために、残された時間の許す限り身を粉にして働く覚悟です。

未来の子どもたちのために

教育者となって半世紀近くになりますが、いま気になっているのは、未来の子どもたちのことです。残り少ない私の人生において、次世代のために何を残せるのかを真剣に考えるようになりました。

ここ数年、戦後教育の中で、日本人として知るべきことがしっかり伝えられてこなかったのでは、という思いを強くしています。現在と昔の教育にはどんな違いがあったのか、もう一度検証し、問い直すべき時期が来ているように思えてなりません。

もしかすると、私たちは自分に都合のよい話にだけ耳を傾け、選択してきたのかもしれません。日本人であることのアイデンティティーを確立するためには、日本人の側に立った、日本人の視点による歴史の見直しが必要だと強く感じています。

次の時代を担う子どもたちに、「日本人に生まれてきてよかった」「日本人のＤＮＡは素晴らしい」と誇りを持ってもらえるような社会を築き、自信を持ってバトンを渡せるようにしなければ、との思いをいま新たにしています。

私に課せられたこうした使命を果たすべく、残された人生は次世代のために、社会を良い方向に変えていく活動に取り組んでいく心づもりです。私たちの孫やその子どもたちが健やかに育つための環境づくりこそが、私に課せられた最後の使命・役割と信じて、残された時間を無駄にせぬよう、〝心の決めたまま〟に我が道を歩んで行こうと決意を新たにしています。

第十章

出逢いと別離《わかれ》

彩木先生との出逢い

私の後半生に欠くことのできない方との出逢いがありました。「長崎は今日も雨だった」「なみだの操」など、数々のヒット曲を手掛けられた作曲家の彩木《さいき》雅夫先生です。

札幌在住の彩木先生と初めてお逢いしたのは、1984年（昭和59）5月、北海道厚生年金会館で行われた「第1回北海道文化知識人チャリティー歌合戦」でのことでした。イベント開催の音頭を取られたノンフィクション作家の合田一道さんが、審査委員長を務めた彩木先生や、同じく作曲家の岡千秋先生、浜口庫之助先生に声をかけるなど汗をかかれ、実現したものです。

合田さんは「歌の上手な人に出てほしい」と考え、当初はドレメの卒業生でフラワーデザイナーの三浦順子さん（現ニューヨーク在住）に出演を依頼しました。ところが彼女から「友人の浅井洋子先生の方がお上手ですよ」との推薦があり、私に白羽の矢が立ったのです。

イベントへの出演が決まると、私は行きつけのスナックに通い詰めて猛練習を重ね、当日は欧陽菲菲の「ラヴ・イズ・オーヴァー」を唄いました。厚生年金会館という大きなステージということもあり、私のバックでイブニングドレスを身に着けたドレメの学生4人がミニファッションショーを披露する演出も加えました（学生の一人は前出の冴木杏奈さんです）。

さらに、会場の3階席にはドレメの全学生が応援に駆けつけてくれ、ペンライトを振って声援を送ってくれました。そのおかげもあって、ステージはたいへん盛り上がり、男女合わせて20名いた出演者の中で、歌唱とミニファッションショーの楽しい演出が高く評価されました。

イベント終了後、学生さんたちも連れて打ち上げに行きませんかと誘われ、ススキノのお店へお供しました。彩木先生もご一緒されたのですが、そこでの歓談中、彩木先生はいきなり私に「みんな、君の歌が上手だったというけれど、あの歌（ラヴ・イズ・オーヴァー）はビブラートをかけたら駄目なんだよ」と苦言を呈されました。初対面で不躾なことをいわれた私は、「なんてイヤな男！」と思ったものです。これが先生の第一印象でした。

とはいえ、私はビブラートの意味を知らなかったので、あとで調べると、伸ばして歌うことだとわかりましたが、「素人の私にそんなことといってもわからないわよ」と私は相変わらずお冠のままでした。

それから20年ほどの間、彩木先生とは札幌商工会議所や全国専門学校連合会の講演会で曲の作り方を教えてもらったり、講師を務められたセミナーを受講したりするなど、ご一緒する機会こそありましたが、その人柄を知る機会はありませんでした。


西暦2000年を間近に控えた1999年（平成11）、ミレニアムという言葉が流行する中で、当時理事長だった兄が、「ドレメも男女共学になったことだし、浅井学園の学園歌をそろそろ変えないか」と提案しました。そして、「作曲は彩木雅夫さんにお願いしてはどうだろうか」というのです。

私は、「演歌の方だから無理じゃないかしら」と答えましたが、兄は「彩木先生は校歌や応援歌、市町村の歌も数多く手掛けられているから、きっとやってくれるはずだ」と積極的だったこともあり、結局、先生にお願いすることになりました。

彩木先生とは久しぶりの再会でしたが、この時の先生はどこか寂しげで、自信を失っているように見えました。そのあまりに弱々しい姿は、初めてお目にかかった時、私の歌に注文をつけた自信溢れる姿とは、まったく違っていました。

学園歌をつくるにあたって、兄の指示でドレメの院長だった私が歌詞を書くことになりました。初めてのことでとても苦労しましたが、最後は彩木先生に詞の手直しまで手伝ってもらい、なんとか仕上げることができました。

彩木先生に依頼してから曲が完成するまで、1年ほどかかりました。その途中、忙しく飛び回る兄と私に対して先生から、「あなたたちの作品に対する向き合い方は何ですか。真剣に取り組む気構えが感じられません。曲は一度世に出たら、消しゴムで消すようにはいかないんですよ」とひどく怒られたのです。

その言葉に目の覚めた私たち兄妹は、「先生に納得してもらえるよう、仕上げまで気を抜かず本気で取り組もう」と心機一転し、曲づくりに打ち込みました。そして2000年4月、ついに学園のイメージソング（学園歌）が完成しました。

こうして誕生したのが、「かがやきの・青春」（歌詞考案と監修・浅井幹夫、浅井洋子／作曲・彩木雅夫／編曲・佐々木ヒロム）です。のちに通信カラオケＤＡＭ《ダム》に採用され、今も世界各地の通信カラオケで選曲できることから、私はニューヨークやバリで歌ってきました。

完成後、感謝の気持ちとして兄と私は彩木先生を料亭に招き、2次会は高級クラブでもてなしました。ところがその翌日、先生から「僕はああいう場所は大嫌いなので、今後は一切やめてください」と電話で叱責され、びっくりしました。兄は先生が喜んでくれたと思い込んでいましたが、このことをきっかけに私は、先生がクラブで遊んだりすることが苦手な人であることを知り、見る目が変わっていきます。

当時の彩木先生は、公私ともにさまざまなトラブルを抱え、苦しい日々を送っていたことをのちに知り、「なんて孤独な方なんだろう」と心底気の毒に思いました。さらに2002年6月には、奥様を交通事故で亡くされるという不幸にも見舞われています。

若い頃の彩木先生を知る人からは、「芸能界は俺のモノといわんばかりの、生意気で嫌な奴だよ。浅井先生、よくあんな人とつきあえるね」といわれたことがあります。また、彩木先生のご自宅のお世話をされていた方が先生の奥様に「彩木先生は大作曲家の凄い方なんですよね」というと、「あの人はもう終わったのよ！」といわれたそうです。

先生に対してそうした印象をまったく持っていなかった私には、最初、どういう意味なのかさっぱり理解できませんでした。しかしその後、世間が抱く先生の印象と実像の間には、かなり落差があることに気づくようになっていきます。

思い返すと、彩木先生は私のことを名前で呼ばず、「学院長（のちに理事長）」と呼び、それは亡くなるまで変わりませんでした。また私の知っている彩木先生は、口数こそ多くありませんが知的でインテリジェンスに溢れ、私にはない繊細な一面を持つ方でした。

彩木先生によくいわれたのは、「せっかちだねぇ」という言葉です。最後のひと口を食べる前に、いつも私が料理を片づけようとするので、「それはネコにやるの、犬にやるの？　せっかちだねぇ」としばしば毒づかれたものです。また、ラムという名前の犬を

ポルトホールに設置された母の胸像の前で彩木先生と（2022 年 1 月）

飼っていらした先生から、私が食事をする姿を見て、「うちのラムと同じだね。ちゃんと噛んで食べなさい」と注意されたことも何度かありました。

彩木先生は「ゆうばり国際ファンタスティック映画祭」のゼネラルプロデューサーも務められたほど映画好きで、私も若い頃から映画が好きだったこともあり、毎週日曜日になると映画に行ったものです。スクリーンを食い入るように見つめる先生の横顔が好きでした。お互い、欠けている大切なものを探し続けていたからこそ、一緒に過ごせたのだと思います。

とはいえ、難しい性格の方なので〝もう嫌だ〟と思ったことはたびたびありました。でも、少し時間が経つとどうしているのか気になり、「ご飯食べた？」と連絡してしまったものです。

よくこんなことがありました。食事へ行って支払いをする時、レジの前で「院長、一円玉持っているかい？」と私にきくのです。そんなみみっちいことを男性にしてほしくない私は、つい「そんなこときかないで」と先生を叱ってしまいました。

小銭があると財布が膨れて重くなるという先生の言い分もわかるのですが、「レジの前で院長とか、理事長とか呼ばないで」と幾度となく怒ったものです。そのせいか、「理事長は地雷だ、怒らせたら大変だ」と先生はよく口にしていたものです。

でも、お互いに異なる性格だからこそ、おつきあいできたのでしょう。私も彩木先生と出逢えたことに、いつしか「ありがとう」と素直に思えるようになっていました。

心のパートナーとの別離《わかれ》

そんな心のパートナーだった彩木先生を、私は2022年（令和4）9月16日に失いました。

虫の知らせか、亡くなる2か月ほど前の7月頃から、先生の行動を細かく記録するようになりました。そのメモを見ると、先生は7月頃から「美味しい物が食べたい！」と連呼するようになっています。そんな先生の「食べたい、食べたい！」という要望に応えようと、JR札幌駅構内で販売する好物の幕の内弁当「いしかり」を買い求めるなど、文字通り走り回りました。

それまで仕事を持つ私は、先生と一緒に過ごす時間がどうしても限られていました。精神面を支えてくれるパートナーに対して、申し訳ないという気持ちを長年抱いていたこともあり、自分にできることは何でもしてあげようと決意していました。

振り返ってみると、彩木先生とは私が院長になって間もない31歳の時、〝チャリティー歌合戦〟で初めてお目にかかり、それから20年以上の歳月を経て、再会することができました。

その頃の先生はいつも暗く、悩みを抱えている様子でした。会社の経営やスタッフのことも含め、ご自身のプライベートについてはあまり口にしない方ですが、当時の先生は、作曲家・アーティストとして、これから自分がどのような方向へ進めばよいか迷っていたようです。

私はある時、「先生は輝いていないといけません。先生が輝き続けるためには、派手なことをするのではなく、コツコツと曲づくりを続けるしかないと思います。もっとアーティストであることにこだわってください」と率直な気持ちを伝えました。さらに、「現実の世界で人に振り回されていてはいけません」とも言い添えました。

すると彩木先生は、「院長に逢うと元気が出るなあ」といって、とても喜んでくれたものです。おそらくその当時、先生に本音をぶつけるような人が、周りに少なくなっていたのだと思います。それほど先生は、雲の上の存在となっていました。

そして、大好きな作曲というアーティスト活動に打ち込むため、先生はあえて孤独な道を選び、創作活動にのめり込んでいきました。先生は自らを追い込むことで、あれだけの素晴らしい名曲をつくることができたのだと思っています。

彩木先生が亡くなる約1か月前の8月11日、200名あまりの方々に出席いただき先生の「卒寿の会」を札幌パークホテルで盛大に開きました。実際に卒寿を迎えるのは翌年でしたが、先生の身体がそれまでもたないという予感から、前倒しして開催することにしたのです。実は先生のお墓もその1年前の2021年、浅井学園の記念日でもある10月10日に建てており、すでにお母様のお骨の納骨式とあわせて、建立式も済ませていました。

卒寿の会で彩木先生は、「みなさん、90歳まで生きてくださいよ!」と出席された方々に満面の笑顔で感謝の言葉を述べられました。そして、出席者が会場をあとにされる際には、発起人のみなさんと一緒にお見送りしました。車いすに乗った先生は、「みなさん、今日はありがとう、ありがとう!」とうれしそうに挨拶されていました。

会が終わると先生は、「理事長、今日は楽しかったよ! 来年も誕生会をやってね」と無邪気におっしゃいました。ところが私は、「彩木先生、私はこのあと浅井学園創立40周年の大イベントを控えているんです。今は来年の話をしないで!」とつっけんどんに答えてしまったのです。

あの時、先生の喜びの気持ちを素直に受け容れる余裕が、私にはありませんでした。もっと先生の気持ちを汲んだ答え方があったのでは、と悔やまれてなりません。

密葬は先生が残した遺言状に従い、息子さん一家(お嫁さんとお孫さん)と娘さん一家

彩木雅夫先生卒寿の会での集合写真（2022年8月）。
下は卒寿の会終了後、世話人のみなさんに囲まれる彩木先生

（お孫さん2人）の身内の方々が6名、それに弁護士の和田土三先生と主治医の菊地弘毅先生、33年間にわたって先生のお世話をされたお手伝いの松田令子さん、そして浅井学園理事長の私・浅井洋子の10名だけで行いました。私は焼き場に行かず、先生のお骨をきれいな家でお迎えできるよう、松田さんと一緒にご自宅で準備をしてお待ちしました。

亡くなるまでの数か月を振り返ると、いつになく先生はわがままをいうようになっていました。「理事長、今度は中華料理が食べたい」「理事長、今度は洋食が食べたい」など、リクエストに合わせてさまざまなお店にお連れしました。入院する直前に「お寿司を食べたい」といわれた時は、行きつけの寿司店に頼んで営業前にお店を開けてもらい、お好きなものを好きなだけ注文して食べてもらいました。

いま思うと、入院すると美味しいものが食べられなくなることを、先生はわかっていたのかもしれません。卒寿の会の4日前に転倒し、背中を痛めて歩けなくなった先生は、車いすで会に出席されました。その後、再び転んで背骨を痛め、歩けなくなった先生は、「歩けるようにならないと退院はできない」と整形外科病院で診断され、入院することになったのです。そして、入院中の最後の十数日間、先生は病院食をまったく食べられなくなり、骨と皮の状態になってしまいました。

ところが、先生のお見舞いに行こうと思っても、コロナ禍のため面会ができません。

「1分だけでも逢わせてほしい」と病院に懇願しても、「規則なので」の一点張りです。先生に美味しいものを食べてもらいたいのに、差し入れすることすらままならず、私は無力感にさいなまれました。

そんな中、怪我を負った私の孫の浅井春旭《はるあき》が、たまたま彩木先生の入院する整形外科病院で診療を受けることになりました。私も付き添って病院へ行ったところ、偶然、車いすに乗ってエレベーターから降りてくる先生と出逢うことができたのです。

レントゲン室から病室に戻る途中だったらしく、私のことに気づいて少しだけ微笑んでくれました。この時、先生にお逢いできたのはまさに奇跡です。「少しだけでいいから話をさせて」と看護士に頼みましたが、「規則ですから」の一点張りで受けつけてくれませんでした。それまでも先生は、毎日のように電話で「帰りたい！　寂しい！　理事長、退院できるよう院長さんに交渉してください。病院は留置場だ、刑務所だ、地獄だ」と繰り返し話し、退院することを心の底から望んでいました。

そのあとで私は院長先生と面談し、「浅井学園の創立80周年記念セレモニーが10月10日にあるので、彩木先生を10月5日に必ず退院させてください。このまま入院していたら先生の頭がおかしくなってしまいます」とお願いしたところ、ようやく約束を取りつけることができたのです。

しかし、病院のロビーで偶然出くわしたこの時が、生前の彩木先生にお逢いする最後の機会となってしまったのです。私が先生に話しかけた「彩木先生、ちゃんとお話しができなくてごめんね。規則なんですって。患者と家族を引き離す日本の病院のおかしな体制は、私が変えるからね」という言葉だけが、病院のロビーに虚しく響き渡りました。閉まりゆくエレベーターの扉の向こうにいる先生が、また病室に戻されるのかと想像するだけで、胸が締めつけられるような思いにかられたものです。

そのわずか2日後、彩木先生は亡くなられました。10月5日の退院日を待たずに――。背中が痛い、歩けないというだけで、どうして先生は死ななければならなかったのでしょうか。夜ごと電話で、「理事長、寂しいからここから出して」と懇願していた先生の声が、耳から離れません。そんな先生を助けられなかった自分のことを、今なお責め続けています。

亡くなる数か月前から、あれも食べたい、これも食べたいとわがままをいっていた彩木先生ですが、最後は子どものように素直になっていました。

日曜の夕方はショッピングモールに行き、1週間分の買い物をしてからフードコートで食事をとることが、生前の決まりごとでした。私がいくつもの店を回りながら食べ物を調達する間、だだっ広いフードコートの中で、先生は一人ぽつんとアイパッドの画面を見ながら私の姿を時々目で追いかけ、嫌な顔ひとつせずに待ってくれます。偶然そこで出逢っ

笑顔が素敵だった在りし日の彩木雅夫先生。
2021 年 10 月 10 日、ご自身のお墓の建立式の日に（撮影：同朋寺 河内智善住職）

た友人がそんな先生の姿を見て、「まるで姉の帰りを待つ少年のようですね」と言い表したものです。
「常に興味を持ち、追求・模索しなさい」と私の息子たちにも話してくれた彩木先生は、まさに少年のような好奇心に満ち溢れた方でした。

独りっきりになってしまった彩木先生が、「今頃、どこかで寂しがっているのでは？」と思うと、可哀そうでなりません。できることなら自宅で看取りたかった——これが偽らざる私の気持ちです。
「８日には娘さんとお孫さんが来るので、５日には退院させますから！　歩けなくても必ず退院できるようにします。それまで我慢して」と何度も電話で先生に伝えました。「絶対に退院させますから」と約束したのに、その前に亡くなってしまうなんて——。神様のなされることは、あまりに残酷です。

彩木先生の遺言書には、「本葬並びに音楽葬は、学校法人浅井学園理事長・浅井洋子先生の指示通り行なってほしい」と書かれていました。これに従い、弁護士の先生が遺族にその旨を伝えたところ、「お金をかけたくない」とのご意向です。私も戸惑いましたが、気持ちを切り替えて音楽葬の開催は見送ることにしました。

でも、みなさんが参加できる本葬を行えなかったので、彩木先生の魂はまださ迷っているように思えてなりません。

私も孫から「彩木じーじ、どうしたの?」と聞かれました。「天国に行ったと話したでしょ?」と答えると、「でも、ぼくお別れしてない!」というのです。同じように感じている方は、決して少なくないはずです。

だからこそ私は、在りし日の彩木先生の姿を思い浮かべながらお別れができる「お祈り会」と「偲ぶ会」を、一周忌に合わせて開催しようと考えています。

先生の肉体は滅びましたが、その魂は不滅です。

あとがき

24歳の時、杉野学園ドレメに通って4年目のデザイン科在籍中、私は結婚しました。その翌年、学園の改革を手伝ってくれる伴侶の高田恭司さんと、北海道ドレスメーカー学院に着任します。そして4月、新学科としてプロフェッション科を開設し、同時に夜間科を再開、さらに学園に二つある学生寮の第1寮の舎監も引き受けました。こうして私、浅井洋子の第2の人生はスタートしたのです。

3年後、浅井学園の創立者で私の母である故浅井淑子先生は、創立40周年記念式典並びに記念祝賀会を終えた3か月後、62歳で急逝しました。そして緊急理事会で2代目学院長に私が指名され、29歳で就任することになったのです。私は時代のニーズに合わせてドレメの抜本的な改革を行い、昼夜を問わず寝ずに指導にあたりました。そして私事では、ニューヨークでの流産も含めて三度の苦難を経たのちに3人の息子に恵まれ、仕事と子育

亜璃西社《ありすしゃ》の読書案内

さっぽろ野鳥観察手帖

河井 大輔 著／諸橋 淳・佐藤 義則 写真

札幌の代表的な野鳥123種を写真集のようなレイアウトで紹介。ネイチャーガイドの著者が、鳥たちのユニークな生態をやさしく、深〜く解説します。道内各都市でも使える、都会で暮らす人のための観察図鑑です。

●四六判・280ページ
●本体2,000円+税

北海道の縄文文化 こころと暮らし

「北海道の縄文文化 こころと暮らし」刊行会／編著

「たべる」「いのる」「よそおう」などテーマ別に、北の縄文人独自の文化を豊富なカラー写真で紹介。全道各地の遺跡と出土品の数々から、縄文時代の生活ぶりや精神世界を読み解く、写真充実のビジュアルブック。

●B5判変型・300ページ
●本体3,600円+税

新訂 北海道野鳥図鑑

河井・川崎・島田・諸橋 著

道内で観察できる野鳥全324種を、約1000点の写真と豊富な識別イラストで紹介。アイヌ語名やロシア語名、サハリン・南千島での生息状況など、本道独自の情報も収載した、日本鳥類目録第7版準拠の最新版です。

●A5判・400ページ
●本体2,800円+税

増補版 北海道の歴史がわかる本

桑原真人・川上淳 著

累計発行部数1万部突破のロングセラーが、刊行10年目にして初の改訂。石器時代から近現代までの北海道3万年史を、4編増補の全56トピックスでわかりやすく解説した、手軽にイッキ読みできる入門書。

●四六判・392ページ
●本体1,600円+税

増補新装版 北海道樹木図鑑

佐藤 孝夫 著

新たにチシマザクラの特集を収載! 自生種から園芸種まで、あらゆる北海道の樹596種を解説。さらにタネ318種・葉430種・冬芽331種の写真など豊富な図版で検索性を高めた、累計10万部超のロングセラー。

●A5判・352ページ
●本体3,000円+税

増補改訂版 札幌の地名がわかる本

関 秀志 編著

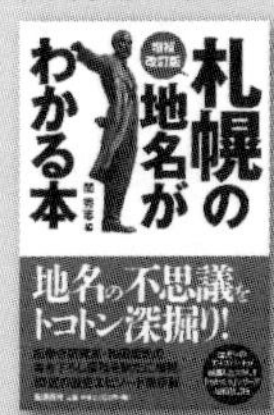

10区の地名の不思議をトコトン深掘り! I部では全10区の歴史と地名の由来を紹介し、II部ではアイヌ語地名や自然地名などテーマ別に探求。さらに、街歩き研究家・和田哲氏の新原稿も増補した最新版。

●四六判・508ページ
●本体2,000円+税

北海道 地図の中の廃線

堀 淳一 著

全28線におよぶ道内旧国鉄の廃線跡歩きの記録を、のべ220枚の新旧地形図で追想。レールの残照に慨嘆し、廃墟の風景に漂う寂寞感に身を震わせた日々が蘇る。特別付録は復刻版「北海道鉄道地図」(昭和37年)ほか。

●A5判上製・448ページ
●本体6,000円+税

北海道開拓の素朴な疑問を関先生に聞いてみた

関 秀志 著

開拓地に入った初日はどうしたの? 食事は? 住む家は?——そんな素朴な疑問を北海道開拓史のスペシャリスト・関先生が詳細&楽しく解説! 北海道移民のルーツがわかる、これまでにない歴史読み物です。

●A5判・216ページ
●本体1,700円+税

亜璃西社 〒060-8637 札幌市中央区南2条西5丁目メゾン本府701 TEL.011 (221) 5396 FAX.011 (221) 5386
ホームページ http://www.alicesha.co.jp ご注文メール info@alicesha.co.jp

てに追われながら、ここまで夢中で走り続けてきました。

そんな私も、２０２３年で73歳を迎えます。この仕事に就いてすでに48年となり、学園生活も50年になろうとする今、すばらしい方々との出逢いによって救われ、同時に数多くの方々にご迷惑をかけてきた私自身の歩みを、活字としてきちんとまとめておかなければと考えるようになりました。

そこで、作曲家の亡き彩木雅夫先生と近しい中田美知子さんのご紹介で、亜璃西社の和田由美社長に自叙伝の出版をお願いしました。それが、ちょうど3年前の２０２０年のことです。当初は、昨２０２２年10月10日の浅井学園創立80周年（ドレメとしては83年）の節目に発刊したいと考えましたが叶わず、年をまたいだ２０２３年の刊行となりました。

由美社長、そして私のサポート役を最後までしっかり務め、形にしてくれた亜璃西社編集長・井上哲さんのおかげで、この自叙伝を完成させることができました。

ここまでの3年間、数え切れないほどのさまざまな事件や事柄がありました。でも、振り返ると〝あっという間〟でした。改めて、神様の御心のままに歩んで来たことを実感させられます。

母は62歳、父は71歳で天寿をまっとうしました。そんな両親の後姿を見て育った私が、親の亡くなった年を越えることができたのは、やはり支えてくださったみなさまのおかげであり、感謝の気持ちしかありません。

ここにきて身の回りを整理する〝断捨離〟に努めてきましたが、思い出深い品々はなかなか捨てられません。でも、私が本当に後世に残し、伝えたいものは、〝心〟や〝志〟なのです。この自伝には私のそうした思いも書き記したつもりです。

残された時間があとどれほどあるか、私にはわかりません。しかし、誇りある日本国に生まれ、浅井家に生まれた私が、浅井洋子として神のみもとに行けるよう、自分の持てる力の限り、最後の最後まで自らの信じる道を歩んでいきたいと思います。

これまで私がいただいてきた、みなさまからのたくさんの愛に報いるためにも、そして私に与えられたこの世での使命と役割を果たすまで、あと少しだけ、「心の決めたままに」わが道を歩み続けます。

2023年2月

浅井洋子

浅井洋子　年譜

◆1950〜1960年代

1950年（昭和25）　2月、24日浅井猛・浅井淑子の長女として北海道札幌市（中央区）南1条西5丁目で生まれる

1962年（昭和37）　3月、北海道学芸大学（現北海道教育大学）附属札幌小学校を卒業

1965年（昭和40）　3月、北星学園女子中学校を卒業

1968年（昭和43）　4月、北星学園女子高等学校を卒業後、昭和女子大学短期大学部英米文学科に入学（翌年3月に中退）

1969年（昭和44）　4月、学校法人「浅井学園・北海道ドレスメーカー女学院」で勤務（1年間勤める）。同時に北海道ドレスメーカー女学院の夜間本科に入学、洋裁技術を学ぶ（ファッションの世界への第一歩）

◆1970年代

1970年（昭和45）　3月、北海道ドレスメーカー女学院夜間本科を卒業／4月、東京の「杉野学園・ドレスメーカー女学院（現ドレスメーカー学院）」本科に入学（翌年の卒業後、師範科、産業教育科、デザイナー科へ進み、4年間にわたって服飾専門分野の研鑽を重ねる。在学中からデザイナーの腕試しで各種コンテストに挑戦）／この年、交換留学プログラムでアメリカ・ヒューストンへ。3か月のホームステイ生活を送る

1973年（昭和48）　7月、杉野学園主催「第11回全国洋裁コンテスト」ドレスメーキング賞受賞

1974年（昭和49）／10月、講談社主催「昭和48年度　全国洋裁コンクール子供服部門」杉野芳子デザイナー賞受賞／11月、「日本デザイナークラブ関東支部」ＮＤＣ賞受賞（翌74年以降も連続受賞）
1975年（昭和50）2月、24歳の誕生日に高田恭司と結婚（17年と2か月6日間、「高田洋子」となる）／3月、杉野学園ドレスメーカー女学院デザイナー科卒業
4月、北海道ドレスメーカー学院の教員に就任。同時に第1寄宿舎舎監も務めながら、プロフェッション科を新設するとともに夜間部の担任を担当、5年間続ける（病弱だった初代の浅井淑子学院長に代わって、テレビ出演や会議に代理出席も行う）
1979年（昭和54）2月、札幌テレビ放送主催『札幌モードコンテストコンペティション』実行委員長並びに審査委員を務める／10月、10日浅井学園創立40周年記念式典・祝賀会を開催（於北海道厚生年金会館大ホール）

◆1980年代

1980年（昭和55）1月、4日大阪にて初代学院長浅井淑子が急逝。同月、札幌市観光協会主催ミスさっぽろ審査会の審査委員に就任／2月、初代学院長の教育理念を受け継ぐため、29歳で第2代学院長に就任／5月、北海道浅井学園の理事に就任
1984年（昭和59）5月、北海道文化放送主催「第1回北海道文化経済人チャリティー歌合戦」出場（於北海道厚生年金会館大ホール）
1986年（昭和61）2月、ニット防寒衣料の研究を目的に浅井洋子デザイングループ設立
1987年（昭和62）9月、道費助成により3か月にわたってパリと北欧4か国へ留学。その後はロシアや東欧、ニューヨークでも研修

◆1990年代

1991年（平成3）　5月、41歳で離婚（6月1日から「私」を捨て「公人」となる）

1994年（平成6）　12月、創立55周年を記念し、パリのギャラリー「ラファイエット」にて、初の海外ショー「ヨーコ・アサイ・ショー」を開催、好評を博す

1996年（平成8）　4月、北海道女子短期大学（現北翔大学短期大学部）非常勤講師に就任

1999年（平成11）　3月、中国魯迅美術学院の名誉教授に就任（講義のため3回中国へ）

◆2000年代

2000年（平成12）　4月、学園イメージソング（学園歌）「かがやきの・青春」（作曲・彩木雅夫、歌詞考案と監修・浅井幹夫、浅井洋子、編曲・佐々木ヒロム）完成、カラオケDAMに導入。6月、北海道高等学校PTA連合会長賞受賞

2001年（平成13）　3月、浅井学園応援歌「Go Shining」監修（作曲・彩木雅夫、作詞・植松尚子、糸井ゆう子。2012年には初音ミク編としてリメイク）。4月、北海道浅井学園大学短期大学部の特任教授に就任（2004年3月まで）

2004年（平成16）　11月、全国私立学校私学審議会連合会より表彰

2007年（平成19）　10月、財務省北海道財務局国有財産北海道審議会委員を8期務めたことに対して感謝状を授与される

2008年（平成20）　2月、全国服飾学校協会主催「服飾教育功労章」授章／5月、学校法人北海道浅井学園の第4代理事長に就任

2009年（平成21）　11月、KIDS花フェスティバル第1回「KIDSフラワーグランプリ」審査委員長（第5回まで）

◈２０１０年代

２０１５年（平成27）　10月、北海道社会貢献賞（私学教育功績者）受賞／11月、東久邇宮文化褒賞受賞（受賞会場・東京）

２０１８年（平成30）　4月、東久邇宮記念賞受賞（受賞会場・大阪）

２０１９年（平成31）　4月、ドレメ創立80周年。北翔大学と分離して「北海道浅井学園」を吸収合併、学校法人「浅井学園」初代理事長に就任（創立者の胸像を、北方圏学術情報センター「ポルト」奥からアトリウム中央へ移動）

◈２０２０年代

２０２０年（令和２）　4月、学校法人浅井学園「北海道ドレスメーカー学院」名誉院長に就任／11月、3日秋の叙勲（教育功労）「瑞宝双光章」受章

２０２１年（令和３）　4月、1日学校法人浅井学園「札幌ファッションデザイン専門学校ＤＯＲＥＭＥ」に校名変更。名誉院長（現名誉校長）に就任／7月、22日東久邇宮平和賞受賞

２０２２年（令和４）　8月、11日「作曲家　彩木雅夫先生卒寿の会」企画・開催（２００名参加、札幌パークホテル3階パークホール）／10月、10日学校法人浅井学園「創立80周年記念式典・感謝の会」開催（４００名参加、札幌パークホテル3階パークホール）／11月、ＣＤ「浅井洋子の愛したうた」（監修・彩木雅夫）発売。8～13日ＣＤ発売を記念して「浅井洋子 History」開催（ＮＤＣ出品作品4点と勲章・賞状5点、油絵7点を展示、会場の「ト・オン・カフェ」は故彩木雅夫先生が所有されたビル1階に入居）

著者プロフィール

浅井洋子（あさい・ようこ）

１９５０年（昭和25）札幌生まれ。北星学園女子中学校・高等学校卒。杉野学園ドレスメーカー女学院で4年間にわたり服飾専門分野の研鑽を積む。１９７５年北海道ドレスメーカー学院教員となる。同学院院長代理を経て、１９８０年初代学院長・浅井淑子の逝去に伴い第2代学院長に就任。２００８年（平成20）学校法人北海道浅井学園第4代理事長に就任。２０１５年北海道社会貢献賞（私学教育功績者）受賞、東久邇宮文化褒賞受賞。２０１８年東久邇宮記念賞受賞。２０１９年北海道浅井学園を吸収合併した学校法人浅井学園初代理事長に就任、学校法人浅井学園「北海道ドレスメーカー学院（現札幌ファッションデザイン専門学校ＤＯＲＥＭＥ）」名誉院長（現名誉校長）就任。２０２０年秋の叙勲（教育功労）「瑞宝双光章」受章。２０２１年東久邇宮平和賞受賞。

心の決めたままに

――母と紡ぐ、わたしの半生記

二〇二三年二月二十四日　第一刷発行

著　者――浅《あさ》井《い》洋《よう》子《こ》
編集人――井上　哲
発行人――和田由美
発行所――株式会社亜璃西社
〒〇六〇-八六三七
札幌市中央区南二条西五丁目六-七　メゾン本府七階
電　話　〇一一-二二一-五三九六
FAX　〇一一-二二一-五三八六
URL　http://www.alicesha.co.jp/
装　丁――須田照生
印　刷――株式会社アイワード

ISBN 978-4-906740-54-3 C0077